少年知识成长小说

TOM'S GLOBAL EXPLORATION

小发明家汤姆全球大冒险

少年知识成长小说

小发明家汤姆全球大冒险

地震岛上的幸存者

[美] 爱德华·史崔特梅尔 / 著　邓　茜 / 译

太阳娃插画设计 / 绘

中国出版集团

世界图书出版公司

西安　北京　上海　广州

图书在版编目（CIP）数据

　　地震岛上的幸存者/（美）爱德华·史崔特梅尔（Edward Stratemeyer）著；邓茜译.—西安：世界图书出版西安有限公司，2016.6（2018.12重印）
　　（小发明家汤姆全球大冒险）
　　ISBN 978-7-5192-1131-8

　　Ⅰ.①地…　Ⅱ.①爱…②邓…　Ⅲ.①儿童文学—长篇小说—美国—现代　Ⅳ.①I712.84

　　中国版本图书馆CIP数据核字(2016)第088625号

地震岛上的幸存者

著　　者	[美]爱德华·史崔特梅尔	
译　　者	邓　茜	
策　　划	赵亚强　李　飞	
责任编辑	李江彬　雷　丹	
校　　对	王　冰　刘　青	
	郭　茹　党　浩	
出版发行	世界图书出版西安有限公司	
地　　址	西安市北大街85号	
邮　　编	710003	
电　　话	029-87233647（市场营销部）	
	029-87235105（总编室）	
传　　真	029-87279675	
经　　销	全国各地新华书店	
印　　刷	三河市腾飞印务有限公司	
成品尺寸	210mm×145mm　1/32	
印　　张	5.25	
字　　数	100千	
版　　次	2016年6月第1版	
印　　次	2018年12月第2次印刷	
书　　号	ISBN 978-7-5192-1131-8	
定　　价	20.00元	

如有印装错误，请寄回本公司更换

献给每一个有创新和冒险精神的小读者

　　小读者们，你们好！摆在大家面前的是一套神奇的冒险书——"少年知识成长小说"之《小发明家汤姆全球大冒险》。这套书故事有趣、内容丰富、情节生动，你们会发现，主人公小发明家汤姆和他的朋友们在全球各地冒险的时候，总是可以凭借一些新发明及朋友之间的团结互助克服各种困难。

　　本丛书的作者爱德华·史崔特梅尔是美国著名的儿童小说作家，一生独自完成 1300 部创作，销售量高达 5 亿册。他的小说被文学评论家誉为"少年知识成长小说"，开启了 20 世纪初到 20 世纪 60 年代儿童小说的黄金时代。"少年知识成长小说"之《小发明家汤姆全球大冒险》是他的代表作品。他在日记中写道："这是一套色彩缤纷、瑰丽神奇的冒险小说，讲述了小发明家汤姆使用自己的许多发明进行全球探险的故事，情节跌宕起伏，更增长了孩子们物理、机械、气象、洋流、地理、历史、考古、冰川等方面的科学知识……"

　　这套书自出版以来，被翻译成西班牙语、意大利语、法语等 10 余个语种，全球畅销 3000 万册，仅亚马逊网站就有超过 100 万条的评论。

　　许多名人，包括苹果电脑创始人之一史蒂夫·沃兹尼克，科学家、发明家和科幻小说家雷·库兹韦尔、罗伯特·海因莱因、艾萨克·阿西莫夫，美国最具创造力的飞机设计师凯利·约翰逊、泰瑟枪的发明者杰克·科弗，在读过这套书后，都被里面的科学知识和小发明家的冒险精神深深吸引了，并纷纷向读者朋友们推荐。

　　此外，不少媒体不仅高度关注，还给出了很高的评价。《华盛顿邮报》称"此套书为培养男孩勇敢品质、男子汉气质最好看的书！"《纽约时报》称"勇敢男孩汤姆的故事已经影响了几代人，而且这种影响仍将继续存在……"

　　小读者们，我们坚信这套书将给你们带来不一样的神奇体验。鼓舞人心的冒险故事，主人公汤姆的创新和冒险精神很值得小读者学习。汤姆有时会泄气，但他从不放弃，这对每个年龄段的人来说都值得借鉴。

　　如果你是个勇敢的孩子，一定不要错过发明家汤姆系列，你一定会喜欢上这些冒险故事的……

　　快来和小汤姆一起去冒险吧！

关于主要人物

汤姆·史威夫特

本书的主人公——小发明家汤姆，在他很小的时候，他的母亲就去世了。他与父亲住在纽约郊区的夏普顿镇。他热爱发明、勇敢善良，运用自己的发明多次与"快乐打劫者"、安迪等坏人斗智斗勇……

巴顿·史威夫特

史威夫特先生是汤姆的父亲，是一位上了年纪的发明家。他深深地影响了汤姆的爱好和性格。无论是去大西洋底寻宝，还是去阿拉斯加找黄金，他在精神上、行动上全力支持了汤姆。他是一位慈爱的父亲。

维克菲尔德·戴蒙

戴蒙先生是一位幽默大师。这位年长宽厚的老人有一句逗人的口头禅，那就是"可怜的……"。每当他说起这句话，总能让紧张的气氛变得轻松。

易瑞德凯特·辛普森

　　瑞德是汤姆家的仆人，一个黑皮肤的老头。他有一个"老伙伴"，哈哈，其实就是一头倔强而忠诚的骡子，绰号是"回飞棒"，他和他的"老伙伴"多次帮助了汤姆。

尼德·牛顿

　　尼德是一名银行职员，也是汤姆的发小。他和汤姆去各地冒险的时候，每次遇到危险，他总是不离不弃，为汤姆排忧解难。

玛丽·尼斯特

　　玛丽，汤姆的好朋友，在一次"车祸"中，汤姆奋不顾身地救下了她，从此他们相识了。随着年龄的增加，他们之间的友情逐渐升华……

本丛书的作者爱德华·史崔特梅尔是美国著名的儿童小说作家，居世界多产小说家之列，一生独自完成1300部创作，销售量高达5亿册。他的小说被文学评论家誉为"少年知识成长小说"，开启了20世纪初到20世纪60年代儿童小说的黄金时代，震撼了全世界几代人的心灵。

《小发明家汤姆全球大冒险》丛书由全国外语专家字斟句酌、精益求精翻译而成，其中第一册《摩托车上的乐趣与冒险》由兰州交通大学外国语学院畅青霞老师翻译，第二册《卡洛帕湖上的竞争对手》由兰州交通大学外国语学院李红梅老师翻译，第三册《"红云号"飞艇的惊险旅程》由西北工业大学航空学院惠增宏老师翻译，第四册《寻找深海里的宝藏》由兰州交通大学外国语学院刘周莉老师翻译，第五册《新型电力小轿车》由兰州交通大学外国语学院赵娟丽老师翻译，第六册《地震岛上的幸存者》由兰州交通大学外国语学院邓苗老师翻译，第七册《幽灵山的秘密》由兰州交通大学外国语学院杨红老师翻译，第八册《阿拉斯加冰洞里的黄金》由兰州交通大学外国语学院代志娟老师翻译，第九册《空中飞艇大比拼》由河西学院外国语学院郝玉梅老师翻译，第十册《非洲丛林中的大冒险》由吉首大学外国语学院牟佳老师翻译。在此，对所有为本丛书付出心血的老师们表示衷心的感谢。

目录

Contents

第一章 ■ 求助电报 / 001

第二章 ■ 尼斯特小姐的新鲜事 / 008

第三章 ■ 安迪陷入昏迷 / 014

第四章 ■ 戴蒙先生也要去 / 021

第五章 ■ 飘落到地面 / 026

第六章 ■ 新飞艇 / 034

第七章 ■ 调试 / 040

第八章 ■ 安迪的报复 / 046

第九章 ■ "威泽号"飞起来了 / 051

第十章 ■ 大西洋之上 / 058

第十一章 ■ 惊魂之夜 / 067

第十二章 ■ 向下滑翔 / 072

Contents

第十三章 ■ 在地震岛上 / 079

第十四章 ■ 露宿野外 / 085

第十五章 ■ 另一批幸存者 / 093

第十六章 ■ 恐怖的推论 / 097

第十七章 ■ 可怕的巨响 / 103

第十八章 ■ 詹克斯先生有钻石 / 108

第十九章 ■ 秘密工作 / 113

第二十章 ■ 无线电设备 / 118

第二十一章 ■ 发出无线电报 / 123

第二十二章 ■ 焦急等待的日子 / 128

第二十三章 ■ 黑夜中的回复 / 134

第二十四章 ■ 我们在下沉 / 142

第二十五章 ■ 大营救 / 146

第一章

求助电报

汤姆从他的机械车间里走出来。他刚才在里面工作，调试一架飞艇的发动机。他抬头望向远处，马路上尘土飞扬，他甚至看不见这尘土从何而来。

"这肯定是谁一大早赶时间呢，看起来像一辆急速行驶的汽车扬起的尘土。天哪！不过真得下点儿雨才好。"他抬头望着天空说，"到处都是灰尘。哦，不过我也该回去工作了。要是今天下午风小一点的话，我就驾驶飞艇出去转转。"

汤姆转过身去，准备回到车间。在这里，他亲手打造了这架飞艇，还制造了其他几部能够高速运转的机器。

但是，那个不明物体伴着滚滚尘土越来越近，这吸引了他的注意力。他仔细地看了过去。

"如果是一辆疾驰而来汽车，"他喃喃自语道，"那它早应该到我跟前了，也不至于会扬起这么大的尘土呀！而且我也从来没见过哪辆汽车会激起这么多的沙尘。我倒要看看这到底是个什么东西！"

这团沙尘沿着公路滚滚而来，渐渐靠近汤姆家的房屋和围绕在房屋周围的车间。但是，正如汤姆所说，要是一辆机动车的话，行驶速度这么慢不可能激起这么大的尘土，而且这会儿，"尘土云"积得越来越厚了。

"会不会是小型龙卷风、飓风或者旋风？"汤姆猜测，但他并不是说给别人听，这是他思考问题时的习惯，"但不可能是啊，"他想着，"我倒要看看到底是什么。"

尘土越来越近。汤姆急切地看向前方，一脸茫然。突然，一阵大喊声透过尘埃传了过来："向前冲啊，回飞棒！继续跑，我们一定会创下纪录的。你要把自己当作汽车或者是电力轿车，一旦跑起来就不要停。我保证一定给你吃我能找到的最好的燕麦。哈哈，估计汤姆先生一定会说我们是给他送消息送得最快的人。"

接着，满是灰尘的马路上传来了嗒嗒嗒的蹄声，松懈的车轴辘和弹簧咯吱作响。

"瑞德！"汤姆大叫道，"真没想到是他的骡子跑得这么快，卷起这么大的尘土。它的蹄子快要累坏了吧，可是，它为什么往前跑几步，又会向后退几步呢？怪不得，看它卷起了这么大的尘土，也没见往前跑多少路程。"

球形的尘土中心又一次传来了易瑞德凯特的声音："回飞棒，现在你表现的时候到了。我们就快到了，到时候你就可以随意趴下来休息了。再坚持一小会儿吧，我们要把消息送到汤姆先生的手里。向前冲啊，回飞棒。"

蹄子的嗒嗒声渐渐慢了下来，尘埃的浓度渐渐变淡，逐渐被风吹散。汤姆走近围栏，这围栏将马路和庭院内的房屋和车间隔开。当他走到那里时，骡子的蹄掌声和咯吱咯吱的马车声突然停住了。

"走啊！往前走啊！你怎么在这里就敢停下来，我们还差一点点就到了！"易瑞德凯特呐喊道，"继续往前走，回飞棒！"

"没关系，瑞德，我走过来。"汤姆说。此时，尘土已被风吹散。易瑞德凯特正坐在可能是全世界最破的马车上（说它是马车甚至都有点抬举它了）。马车的车架都是用铁丝和绳子捆起来的，4个车轮七扭八歪地撇向四面八方。一头大骡子拉着车，那骡子瘦得身上的骨头都快从皮肉中戳出来了，但它对此显然毫不在意，悠闲地站在那里，两只长长的耳朵一开一合，轻轻地来回扇动着。

"是你吗，汤姆先生？"易瑞德凯特问道，他停止抖动手中的缰绳，因为那头骡子对这东西毫不理会。

"是啊，我就在这里，瑞德。"汤姆微笑着回答，"我从车间里出来就是为了看看发生了什么。你的骡子怎么能激起这么大的灰尘呢？"

"我向它保证过了，只要它能尽快到这里，我就给它多喂点燕麦，"易瑞德凯特说，"它确实很卖力。你看到街上的尘土了吗？"

"当然看到了，不过你也没节省多少时间啊。我刚刚一直看着呢，你们就像是在美国独立日上游行了一整天的冰车一样，看着好像跑得很快，实际上移动得很缓慢。"

"你说得没错，汤姆先生。"易瑞德凯特回答，"不过，回飞棒已经表现得够好了，大大超出了我的预期。我跟它说了，你一定急着等你的电话呢，所以我们必须快点跑过来。"

"我的电话？"汤姆惊讶地重复道，"你和你的骡子回飞棒怎么可能有我的电话？我的电话安装在房子里啊！"

"不，不是的！在我口袋里放着呢。"易瑞德凯特咯咯地笑着说。他解开自己那破旧的外套，找着什么东西。"我这就给你取你的电话，"他接着说，"邮局的代理人看到我驾车路过那里，就让我把它给你带过来。"说着，他抽出一个皱皱巴巴的黄色信封。

"噢，你是说电报啊。"汤姆大笑着从易瑞德凯特手里接过了信封。

"好吧，也许就是叫电报吧，可是我确定那个代理人说的是电话。不管怎么说，就是这个了。回飞棒，我们走吧。"

易瑞德凯特猛抖了一下缰绳，甩了一下他那破烂的马鞭，可是，那头骡子连动也没有动一下。

"回飞棒，我说我们应该离开这里了！"易瑞德凯特提高嗓音继续说，"我已经准备好了，回去就给你多喂些燕麦吃。"

这句话好像具有神奇的魔力，那头骡子马上就活跃起来，抖动着身体准备出发。

"我就知道燕麦最能吸引你，回飞棒。"易瑞德凯特咯咯地笑着说。

"等一下，瑞德。"汤姆一边拆开装电报的信封，一边喊道，"或许等我看完电报还需要你帮我寄一封回信。

可易瑞德凯特却说："汤姆先生，我现在可能无法给你送回信了。"

"为什么？"汤姆抬起头，从黄色的信纸上方望过去，问道。

"因为我已经答应回飞棒要给它吃东西了，如果不给它吃，它肯定不愿意干活。我还是今天下午再来帮你送回信吧。"易瑞德凯特回答道。

"那好吧，这样也行。"汤姆赞同地说道，"我还真不知道你的骡子会这么讲究。那你就今天下午过来吧，瑞德。"说着，易瑞德凯特和他的骡子回飞棒便动身离开了，随即又卷起一阵尘土。易瑞德凯特平时在村庄周围做一些零活，不论走到哪里他都会带着他的骡子。汤姆低头开始读他的电报。

"嗯，这事还挺奇怪的，"他一遍又一遍地读着电报，沉思着，"从费城发这么长一份电报肯定费了不少钱，他为什么不直接写信？他是想要我去帮助他吗？可是，我从来都没听说过这个人，也许他是一个好人。不过，我还有其他事要做，也不确定有没有时间去费城。我得再考虑考虑。电报中竟然提到一架电动飞艇！这倒是在我的发明范围之内……"

汤姆的沉思突然被一位年迈的绅士打断了。老人缓缓地从房子里走出来，沿着一条小路向汤姆这边走来。

"是一份电报吗，汤姆？"这位绅士问道。

"是的，爸爸。"汤姆回答，"我正准备和你商量呢。瑞德给我送过来的。"

"什么？他赶着他的骡子回飞棒过来的吗？"老人笑着说，"他那头骡子能跑那么快吗？还能给人送电报？"

"噢，瑞德着急的时候赶骡子可有一套诀窍呢。不过，你还是听听这封电报吧。是费城的一位名叫霍斯默·芬威克的先生发过来的。他说：'汤姆·史威夫特，你能否尽快到费城来一趟，帮助我完成我的新发明——电动飞艇。我想尽快让它飞上天空，我现在遇到大麻烦了，还不能让它起飞。我需要你的帮助。我听说你也制造过飞艇，你和你父亲的其他几项发明也都很出色。所以，我想你一定能帮我。我现在正处在困境中，你能尽快到费城来一趟吗？我会给你丰厚的酬劳。请尽快回复！'"汤姆说着就给父亲读起了那封电报。

"你是怎么想的，汤姆？"听儿子读完后，史威夫特先生问道。

"我也不知道该怎么办，爸爸。我正准备征求你的意见呢。如果是你，你会怎么做？这个芬威克先生是谁啊？"

"噢，他是一位小有名气的发明家，但经历了好多次失败。我这几年一直没听到过他的消息。他是一位富有的绅士，而且言出必行，为人很可靠。我以前跟他打过一些交道。要是你有时间的话，最好还是去帮帮他吧。倒不是为了他的钱，只是，我们发明家之间也应该互相帮助。你要是想去费城帮他的话，我非常支持你。"史威夫特先生说道。

"我也不太清楚，"汤姆略显疑虑地回答，"我这阵子刚做完我的单翼飞机，正准备出去试飞。除了这件事，就再也没有其他事情了。爸爸，我决定了，跑一趟费城吧，去看看能不能帮上忙。我这就给芬威克先生回个电报，说我明天或后天就动身。"

"很好！"史威夫特先生赞同道。他和儿子一同走进车间，谈论着他们准备申请专利的另一个发明。

这个前往费城帮助芬威克先生完成电动飞艇的决定，会使他面临怎样一段奇特的经历，又会让他卷入怎样的危险之中，汤姆全然不知。

第二章

尼斯特小姐的新鲜事

"你打算什么时候去费城，汤姆？"过了一会儿，史威夫特先生问道。汤姆和他的父亲，以及工程师盖瑞特·杰克逊正在看一张展开在工作台上的设计图纸。盖瑞特先生在史威夫特家工作了很多年。

"我决定明天就出发，"汤姆回答，"从夏普顿到那里的路程相当长，而且没有直达的火车。"

"你为什么要坐火车去呢？"盖瑞特先生问道。

"为什么？因为……"汤姆犹豫了一下，"那我不坐火车还能怎么去啊？"

"你那架单翼机的速度不就挺快的嘛，你还不用转乘其他车辆。"盖瑞特先生说，"你要是不想驾驶巨大的飞艇过去，为何不驾驶这架单翼机去？"

"啊，真是个好办法！"汤姆欣喜地说道，"奇怪了，我怎么就没想到呢。'红云号'肯定不行，那架飞艇一个人驾驶起来有点困难，不过'蝴蝶号'正好合适。"汤姆看了看那架崭新的单翼机——"蝴蝶号"，3个轮子构成这架飞机的着陆框架。"自从我修好了它的左翼尖端以来，我还没有把它开出去过呢，这次正好可以顺便检验一下我新设计的操纵舵。那我就驾驶'蝴蝶号'去费城。"

"很好，既然这件事定下来了，能不能把你的新型蓄电池给我们系统地介绍一下呢？"史威夫特先生怜爱地看着自己的儿子说。

很快，机械车间里的这个小工作团队开始了有关欧姆、安培、伏特、电流的讨论。不一会儿，汤姆已经把那份让他去费城的电报忘得一干二净。

"好吧，汤姆，"一番讨论后，史威夫特先生说，"你要是决定明天去费城帮助芬威克先生的话，那你得开始准备了。你给他回电报说了你要去吗？"

"哦，还没有呢，爸爸。"汤姆说，"我立即就写封电报，等瑞德过来，我就让他帮我送到电报局去。"

"我可不会这么做，汤姆。"

"不会做什么？"

"让瑞德去送电报。他是很热心，但是说不准什么时候他的骡子就会躺在路上睡觉，到时你的电报就不能及时送达了。而芬威克先生可能正焦急地等着你的回复呢。虽说这么多年没见面了，我可不想冒犯他，你要真能帮到他我会很高兴。你还是亲自跑一趟，自己去发电报吧。"史威夫特先生对儿子说道。

"我听你的，爸爸。那我就驾驶我的电力小轿车去曼斯堡发电报，那样更省时一点，也好顺便买些钢丝，用来加固那个单翼机的机翼。"汤姆接受了父亲的建议，说道。

"很好，汤姆。记得在给芬威克先生的电报中，写上我对他的问候，还有我希望他的飞艇能够试飞成功。是电动的吧？我很想知道它的运行原理，不过等你回来再告诉我好了。"史威夫特先生再次对汤姆叮嘱道。

"好的，爸爸。盖瑞特先生，你能帮我一起给电力小轿车充上电吗？车子应该没电了。等会儿我要开车去曼斯堡。"

曼斯堡是一座大城市，距离夏普顿镇只有几千米，汤姆和他父亲会经常因为生意上的事到那里去。

不一会儿，轿车就充满了电。这辆车用的是汤姆发明的一种新型充电系统，比一般的充电系统更加省时。很快，汤姆就出发了，他一边开车一边想着芬威克先生制造的飞艇到底会是什么样的，这架飞艇最终能不能飞起来。

"要造一架飞艇很容易，"汤姆思索着，"但难就难在怎么让它飞起来，并且安全地在空中飞行。"因为他自己造的那架飞艇，也是在失败了好多次之后才像鸟一样飞上树梢的。

汤姆开着车进城后，转过街角，正准备超过前面的牛奶车，突然一位年轻的女士窜了出来，直接冲到他的车前。

"小心！"汤姆大喊道，与此同时，他使劲摁着汽车喇叭，迅速关掉发动机电源，并死死踩住刹车。

那位女士随即尖叫起来，接着，她抬头看了一眼，立即大喊道："汤姆！你在干什么呢？想撞倒我吗？"

"玛丽……尼斯特小姐！"汤姆略显尴尬。

汤姆打开车门，走下车来。路上很快就聚集了一群好奇的围观者。

"我没看见你，"汤姆说，"我走在运牛奶的车子后面，然后……"

"是我的错了，"尼斯特小姐急切地说，"我也是在等那辆牛奶车过去。我一看它过去了，就从它后面跑了出来，没有看它后面是否还有车。我应该小心点，我太着急了。"

"着急？怎么回事？"汤姆问道，他看到玛丽·尼斯特没有往日那么镇静，"尼斯特小姐，发生什么事了吗？"

"哦，我有事要对你说！"她十分焦急。

"那你上车来吧，我们边走边说，"汤姆说，"人越来越多了，你要是有时间的话就到车里来坐会儿吧。"

"当然有时间，"尼斯特小姐红着脸说，"我们可以聊一会儿。但是，你这是要去哪里呢？"

"我准备给费城的一位绅士发个电报，他在发明电动飞艇时遇到了麻烦，我正打算发电报告诉他我会过去帮他处理问题。我准备明天出发，驾驶我的单翼机'蝴蝶号'过去，然后……"

"哈哈！听你说话的语气，别人肯定以为造一架飞艇就像购物一样简单。"尼斯特小姐打断了他的话，她跟在汤姆后面上了车。很快车子启动了。

"可能大家知道我对飞行器比较熟悉。"他说，"你刚才有什么事要告诉我呢？"

"你知道吗？我爸爸和妈妈去西印度群岛了。"玛丽问道。

"不知道！那可真算是个新闻了。他们什么时候去的？我还不知道他们要去旅行。"汤姆说道。

"他们自己都不知道，我也不知道。他们突然做出了这一决定，昨天才从纽约坐船离开。我爸爸一个生意上的朋友乔治·霍斯布鲁克开着他的游艇'坚定号'带他们去的。那个人跟几个朋友准备去旅行，他想到我爸爸和妈妈可能会喜欢，就发了一个电报。他们走得很匆忙，我到现在还没适应过来呢。他们把我一个人留在家里，我现在遇到麻烦了！"玛丽说道。

"好吧，这可真是新闻了。"汤姆说。

"哎呀！你还没听我说最糟糕的事呢，"尼斯特小姐继续说，"我们家的厨师不知何故突然离开了，而我请了一大帮好朋友这几天来我家陪我。可是现在没有厨师我该怎么办呢？我现在就是打算去中介公司雇个人过来，而刚才你差点撞到我！你说，这还不算新闻吗？"

"嗯，看来我不得不承认，这……完全是两码事，"汤姆笑着说，"好吧，我尽力帮你。我先送你去中介公司，只要你能找到一个厨师，我就把他装到车里，并且在他改变主意之前把他送到你家去。这么说，你家所有人都去西印度群岛了吗？"

"是啊，要是我能跟他们一起去就好了。"

"我也想去，"汤姆说，"你想去哪家中介公司呢？有没有挑好呢？"但是他没想到不久后就真的实现了。

"这里基本就没得选择，"玛丽·尼斯特笑着说，"市区里只有一家中介公司。哎，希望我能雇到一个厨师！我让我的朋友们来我家住一个月呢，要是没有吃的可就惨了，对吗？"

汤姆也认为，要真是那样，确实挺惨的。不一会儿，他们就到了中介公司。

第三章

安迪陷入昏迷

"要我跟你一起进去吗？"汤姆问道。

"你知道怎么才能雇到厨师吗？"她笑着反问道。

"恐怕还真不知道。"汤姆无奈地承认道。

"那我就有点怀疑你还能不能帮上我了，但我还是很感谢你。或许是因为我让我们家的厨师做苹果馅饼，他才会走的。来我家的几个朋友都很喜欢吃这个。"

"我也喜欢吃。"汤姆笑着说。

"真的吗？那等我雇到了新厨师，就请你来我家吃，顺便见见我那几个朋友。"

"我只想你一个人在家的时候去，一起吃厨师做的馅饼。"

汤姆大胆地说。尼斯特小姐红着脸准备下车。

"谢谢你。"她低声说。

"那我就不帮你选厨师了。"汤姆说，"等你雇到人后我就来接你，把你们送回家去。"

"哎呀，那太麻烦你了。"尼斯特小姐拒绝道。

"没什么。我只是去发个电报，再买几根钢丝，完了我就过来接你。我会带着你和新厨师飞奔回家。"

"好吧，但是别开得太快。厨师要是被吓到了，会连苹果馅饼都不做就离开的。"

"那我开慢点，15分钟后我就回来。"汤姆说着把车开到路中间。尼斯特小姐走进中介公司。

汤姆写好电报后，发给了费城的霍斯默·芬威克先生，电报是这样写的：明天，我驾驶飞机过来，尽最大努力帮助你，但不能保证一定能让电动飞艇起飞；家父送上问候。

"请把它'飞'出去。"汤姆对电报代理人说。

"我觉得它自己就能飞，里面全是关于飞机之类的东西。"他笑着回答，并接过汤姆给他的钱。

汤姆选了几种型号的钢丝用来加固"蝴蝶号"，然后又急忙开车回到中介公司。他看到尼斯特小姐在门口站着，还没等车挺稳，尼斯特小姐就快步走了过来。

"哎，汤姆！"她喊道，脸上露着伤心的表情，"你知道怎么了吗？"

"怎么了？"汤姆问道，"是不是新厨师听你说要做苹果馅饼就不愿意来？"

"不，不是这样的。我找到了一位很好的厨师，可是当我跟她说你会开电力轿车带我们回去的时候，她突然就不愿意来了。她说她只愿意走着去我家。但更糟糕的是，刚刚有个名叫杜维库伊的贵妇人打电话过来也要雇一名厨师，要是我不能赶快把这个厨师带回家，那个贵妇人肯定会过来把她领走的。那我就找不到厨师了！哎，我该怎么办呢？"可怜的尼斯特小姐看上去很是伤心。

"哦，她害怕坐电力轿车吗？"汤姆若有所思地说，"好奇怪。看我的吧，尼斯特小姐，也许我能解决这个问题。你想让她尽快离开这里，是不是？"

"是啊，因为现在佣人很少，他们几乎只要一注册就会被人雇走。那个厨师本来打算跟我走的，但是我一提到你的车，她就开始不信任我了。我真不应该提起轿车。"

"好了，别担心了。我也有错，也许我能弥补。我去跟这个新厨师谈谈。"汤姆对尼斯特小姐说道。

"哎，汤姆，我觉得那样也没用，她不会跟你走的。可是我的姐妹们很快就要到我家了。"尼斯特小姐十分忧虑地说。

"看我的吧。"汤姆佯装自信，实际上他也没多大把握。他下车走进了公司，经尼斯特小姐提醒，他看到长椅上坐着一位长相甜美的爱尔兰女孩，旁边放着一个包袱。

"你真的不想坐轿车走吗？"汤姆一开始就这样问。

"不想，你再问我也没有用的，"女孩礼貌地说，"我很害怕那些东西，我不会给有这些东西的家庭工作的。"

"可是我家里没有车。"玛丽说。

这个女孩不说话了。

"这是一种最新型的交通工具，"汤姆继续说，"绝对没有危险。我可以慢慢地开。"

"不行！"这个女孩打断他的话。

汤姆似乎拿她没有办法了。就在这时，电话铃响了，汤姆和尼斯特小姐听到中介公司的女老板在和杜维库伊女士通电话。

"我们得赶紧带她离开这里，"尼斯特小姐看着那个爱尔兰女孩对汤姆小声说，"不然，我们就雇不到她了。"

汤姆也在思考这个问题，可是也没有什么好办法。过了一会儿，公司的一个员工从里面领出来另一个爱尔兰女孩，这个女孩看似刚刚找到一份工作。

"再见，布里奇特。"这个女孩对坐在长椅上的女孩说，"我要走了，马车已经等在外面。"

汤姆向布里奇特动情且细致地讲述了自己的新型交通工具，并向她保证不会有任何安全问题。

布里奇特最终决定跟随尼斯特小姐。

"多亏你帮我扭转了局面，汤姆。"尼斯特小姐小声说，

"你来得很及时。"

"别忘了苹果馅饼。"汤姆小声回答她，与此同时，他加快了车速。

新来的女厨师似乎从上车之后就不再害怕，而且很是享受地坐在车上。不一会儿，他们就安全抵达了尼斯特小姐的家。尼斯特小姐再次向汤姆表示了感谢，并邀请汤姆来她家吃苹果馅饼。汤姆答应她，从费城回来后就会登门拜访。

汤姆开着车缓慢前进，心里想着这次有趣的出行。当他走上回家的乡间小路时，一辆四轮马车迎面而来，一匹白色的马慢腾腾地拉着车，车上只坐了一个人。

"不会吧，看着像是安迪·佛格。"汤姆大声说，"他现在赶车去干什么？他的汽车一定是坏了，这也不奇怪，他一点也不爱惜东西，他的车大多时间都在修理店。"

汤姆放慢了车速，怕惊到安迪的马。不过没什么好担忧的，因为那匹马还比不上易瑞德凯特的骡子回飞棒有活力。

当汤姆渐渐靠近马车时，他惊奇地看到安迪故意将马车横在路中间，堵住了他的去路。

"喂，安迪，你这是什么意思？"汤姆立即刹住车，生气地喊道，"你为什么要堵在路上？"

"因为我乐意。"安迪咆哮着说。他拿出一个笔记本和一支笔，假装在记录着什么。"我正在统计我的不动产，我要卖掉这块地，我正在给这块地做资产评估。只要我愿意，我就有权停在这条路上。"

"但是别把路堵住了，"汤姆反驳道，"这是违法的。快把车靠到边上，让我过去！"

"我要是不呢？"

"那我就不客气了！"

"哼！我倒要看看你敢不敢！"安迪厉声说。

"你只要把车挪到一边让我过去，就不会有什么麻烦。"汤姆说，他知道安迪是在故意挑起事端。

"哦，等我记录完了，自然会把车挪到一边。"这个无赖继续慢悠悠、装模作样地写着什么东西。

"听着！"汤姆突然生气地喊道，"我受够了！快把车挪到一边让我过去，否则的话——"

"否则怎么样？"

"我会把你挤到路边去，后果自负！"

汤姆把汽车的控制杆推向前面，马达开始发出嗡嗡声，车子向前动了。安迪还在往本子上写东西，听到声音的他立即抬头看过来。

"你最好别开过来！"安迪吼道，"你要是敢，我就控告你故意伤害！"

"快点让开，不然我就把你推开！"汤姆冷静地说。

"写不完我是不会走的。"

"哦，你会的。"汤姆平静地说，他开着车缓慢逼近。离安迪的马车只有一两米远了，只有安迪放下笔记本，向汤姆挥舞着拳头。

汤姆心中有自己的打算。他看到那匹马性格温顺而且昏昏欲睡，所以觉得无论如何它也不会失控，汤姆只是想温和地将马车推向一边，然后过去。

眼看着汤姆的汽车挨到了马车上。

"嘿，快停下！"安迪疯狂地喊道。

"已经太晚了，我的车停不下来了。"汤姆冷酷地说。

安迪伸手去拿马鞭。汤姆加大了动力输出，马车慢慢滑到了路边，那匹老马连眼睛都没有睁开。

"看招！"安迪扬起鞭子喊道，他想用鞭子打汤姆的脸（汤姆驾驶的是一辆敞篷轿车）。可是，还没等鞭子落下来，马车的一个轮子撞上石头，突然倾斜了，站着的安迪从车上摔了下来。

"上帝！但愿没伤到他！"汤姆喘息着，并立刻停车跳了下来。

汤姆俯下身去看安迪。只见安迪脸色苍白，额头上有一道伤口，他已经陷入了昏迷，不过这只能怪他自己的行为过于卑鄙。然而，这也把汤姆吓得要命，他抱起安迪的头，向后捋了捋他的头发，可是安迪没有一点儿动静。

第四章

戴蒙先生也要去

　　起初，汤姆着实被安迪苍白的脸色吓到了，他担心这个恶霸可能伤势严重。但马车不是很高，而且安迪在掉下来的时候双手先着地，头部是后来才接触到地面的，想到这些汤姆才稍稍安心一点。

　　"要是有水就好了，就能给他擦一下脸了。"汤姆喃喃地说。他环顾四周，但没有看到水。然而，就算有水也用不上了，因为不一会儿安迪就睁开了眼睛。当看到汤姆俯身抱着他的时候，安迪激动地喊道："喂！放开我！汤姆·史威夫特，你要是再敢动我，小心我揍你！你这明明就是对我的袭击！"安迪推开他，想要站起来。

"我没有！我刚刚想把你的马车推到路边去，你的马车挡在公路上，我有权这么做，你想用鞭子打我，自己失去了平衡才摔下去的。这可是你自己的错。"

"好啊，我会让你承受痛苦的，跟我一样。"安迪咆哮着。他伸手摸了摸额头，看到手上沾了几滴血，他立刻大喊道："啊，我受重伤了！我流血了！快叫医生来，不然我会流血过多死掉的！"安迪又哭又闹，像所有恃强凌弱的地痞一样，他们本质上都是懦夫。

"你没有受重伤，"汤姆憋住笑说，"只是擦破了一点皮。下次别再把路堵住，就不会有这种麻烦事了。你还能赶车回去吗？不行我开车送你回去。"

"我才不坐你的车！"安迪厉声说，"你走吧，我的事你少管。总有一天我要让你偿还的，我要让你被抓起来！"

"我也能以阻塞交通为名让人拘留你，但我不会那么做。你的车子没有坏，你最好还是赶车回家吧。"汤姆说道。

汤姆瞥了一眼马车，还好没有损坏，随后他就上了车。安迪正在拍打身上的土，汤姆发动了汽车。

汽车刚好可以从马车旁边开过去，很快，发动机嗡嗡作响。汤姆走远了，半路上只留下懊恼不已的安迪。

"汤姆·史威夫特太自以为是了，他以为自己能让所有人和所有事都按他的意思来。"安迪咆哮着自言自语。他拍打干净身上的尘土，擦干脸上的血。虽然如汤姆所说只是一点皮外伤，可是安迪还是感到头有点疼，还有点晕。"要是刚刚用鞭子抽到他就好了，"安迪恶狠狠地说，"总有一天我会找他算账的。"这个富家子弟一边思考着复仇计划，一边赶车往回走。

此时，汤姆正加快车速朝家里开去，他想着要是没有发生刚才的事该多好，但是刚才的事也不能怪他。

"我想想，"他边开车边低声说，"我还有很多事要做，我得把轴上的螺旋桨上紧一点，还要调试一下发动机。我还要把弹簧做得更硬一点，上次飞机下降的时候，着陆框架一直在震动。是啊，要是我想明天开飞机去的话，就得赶紧回家准备了。"

汽车驶进了院子，汤姆把车停在侧门旁边。他四处看了一下，没有看到父亲，也不见巴盖特夫人和盖瑞特先生的身影，只看到易瑞德凯特在花园忙活。

"你好，瑞德，"汤姆喊道，"其他人在家吗？"

"是的，汤姆先生。"易瑞德凯特回答，"你父亲和一位古怪的先生在屋子里。"

"那个古怪的先生是谁？"汤姆问道。易瑞德凯特正在给洋葱地除草，他很高兴有借口停下手里的活，慢慢地走过来。

"来的这位先生喜欢一直说同情的话。"他说。

"说同情的话？"汤姆重复道。

"我的意思是，他一直在说可怜的鞋子、可怜的鞋套，还有可怜的领带。"

"哦，你说的是维克费尔德·戴蒙先生。"

"对，我说的就是他。维克费尔德·戴蒙先生，应该就是他。"

此时，屋子里传来史威夫特先生和另一个人的说话声。

"汤姆已经决定明天驾驶'蝴蝶号'去费城了，"史威夫特先生说，"他想看看能不能帮芬威克先生解决难题。"

"可怜的表链！"另一个声音说，"不会是真的吧！我太了解芬威克先生了——我们以前一起上过学。可是，可怜的乘法表！我从来都没想过他能干成什么事！你说他造了一架飞艇，汤姆还要去帮助他吗？可怜的领扣！真想和汤姆一起去看看到底是怎么回事。可怜的身体！我一定要去看看他！"

"肯定就是戴蒙先生了。"汤姆听到从客厅传出来的声音后笑着说，并朝那边走去。

"我刚刚跟你说了吧！"易瑞德凯特说着又慢腾腾地走回洋葱地里去除草了。

"戴蒙先生，你还好吧？"汤姆一边登上走廊的台阶，一边问候道。

"哎呀，是汤姆，他回来了！"这个略显古怪的人说，"可怜的鞋带，汤姆！你还好吧？真高兴见到你。可怜的眼镜！我去西部旅行了一趟，刚回来我就跑过来看你。我开汽车过来的，在路上遇到了两次爆胎。可怜的火花塞！现在这种轮胎真是丢人！不管怎么说，我还是来了，刚才你爸爸正跟我说你开单翼机去费城的事呢，听说你要去帮一位发明家处理一些问题，你可真是个热心人。可怜的头饰！你知道我刚才在说什么吗？"

"我听到你说，你认识芬威克先生。"汤姆边和戴蒙先生一边握手一边笑着说。

"是啊，还有，我想见识一下他的飞艇。你的'蝴蝶号'能坐得下两个人吗？"戴蒙先生问道。

"当然可以，戴蒙先生。"汤姆回答道。

"那么我想跟你商量个事儿。要是你愿意的话，我想和你一起去一趟费城！"

"很高兴能和你一起去。"汤姆高兴地说。

"那我跟你去啦，还有，要是芬威克先生的飞艇真的能飞起来，我还要和你一起试飞，汤姆。可怜的方向盘！"戴蒙先生抬起头说，他踮起脚尖，又握住了汤姆的手。

第五章

飘落到地面

汤姆并没有立即答复戴蒙先生。史威夫特先生似乎也有些话要说，却不知道怎么开口。

"戴蒙先生，你能陪我去我十分高兴。"汤姆说，"可是你要知道单翼机比飞艇危险多了。要是飞艇的引擎停止转动，气囊里那些充满浮力的气体还能够阻止我们坠落。可是单翼机就不一样，当单翼机的引擎停止转动……"

"哦，那会怎样？"戴蒙先生问道，他对汤姆的犹豫不决没有耐心了。

"我们就只能飘落到地面。"

"飘落？"戴蒙先生满是疑问。

"是的，也就是滑翔，一旦引擎停止转动，不管在多高的天空，我们都只能滑翔下来，任凭高空气流的摆布。

"你以前这样操作过吗？"这个性格有点古怪的人问。

"哦，当然，有过几次。"汤姆回答道。

"那么，可怜的皮大衣！那我就不怕了，汤姆。你准备什么时候出发？"戴蒙先生接着问道。

"明天早上。你确定如果飞机引擎意外停止了，你不会紧张得从飞机上跳下去？"汤姆再次向戴蒙先生确认。

"绝对不会！"戴蒙先生笑着说。

"好吧，"汤姆继续说，"很高兴你能陪我去，芬威克先生见到你一定会很高兴的。我从来没见过他，能有人介绍最好了。戴蒙先生，我也想请你看看我的新型单翼机，你一定没有见过。"

"是啊，我从来没见过，真想见一见。我敢说我都快成为一名飞行员了。"戴蒙先生轻声笑道。过了一会儿，汤姆告诉父亲他发了电报，然后就带着戴蒙先生去车间看他的新型单翼机——"蝴蝶号"了。

汤姆什么都没说，只能钦佩这位朋友的勇气。

汤姆的单翼机构造模仿了路易·布莱里奥①穿越英吉利海峡时驾驶的那架飞机。

---

① 路易·布莱里奥（1872—1936），法国发明家、飞机工程师、飞行家，以在1909年成功完成载人飞行器飞越英吉利海峡而著称。——译者注

飞机的机身就像是蜻蜓，躯干细长，矩形的框架上面覆盖着一层帆布，在引擎和控制杆后面有一个双人座。座位后面是长长的机身构架，末端是一个弯曲的平面。飞机尾部的尾翼非常灵活，可以任意向上或是向下弯，以便维持平衡。飞机的最末端是与机身垂直的方向舵，用来控制单翼机的方向。

飞机前面庞大的机翼是主机翼，朝向地面的一侧是凹进去的。飞机前端有一个常见的螺旋桨，由一个4缸发动机带动，4个气缸都靠空气冷却，发动机的进风口就像轮子的辐条那样。一个大油箱和其他机械设备都安装在右驾驶座的前边，汤姆总是坐在这个座位上。他从来没有驾驶这架飞机载过其他人，他有点担心这次和戴蒙先生的旅程。

"你觉得这架飞机外形怎么样？"汤姆一边推着①"蝴蝶号"往屋子外面走，一边问道。接着他给飞机的轮胎打足了气。

"和体型巨大的'红云号'相比，它看起来不是很结实，汤姆。"戴蒙先生说，"不过，就算如此，我还是要乘它去航行。可怜的扣子！我一定要去。"

接下来的整个下午，他们都在忙着调整单翼机，更换方向舵电缆、调试发动机、上紧螺旋桨。傍晚时分，汤姆终于宣布准备工作结束，决定先试飞一下。

"戴蒙先生，你来吗？"他问道。

---

① 在飞机发明史的早年间，飞机的重量是比较轻的，单翼飞机的重量更轻，所以成年人是可以推动的。——译者注

"等会再说吧，我想先看看它的表现如何。"戴蒙先生说，"我并不是害怕，因为我已经决定明天早上出行了，可是我还不知道它现在是否能正常运行。"

"哦，它一定能正常运行的。"汤姆信誓旦旦。为了了解"蝴蝶号"载上戴蒙先生之后会出现怎样的反应，他将一袋和戴蒙先生体重相当的沙子放在旁边的座位上。

这架单翼机被推到跑道的起点。汤姆坐上座位，盖瑞特先生启动了螺旋桨。起初发动机没有任何反应，后来，一股青烟突然喷出，气缸发出爆破声，火花塞开始工作。戴蒙先生站在飞机后面，他的帽子被螺旋桨扇动所产生的风吹走了。

"可怜的长筒靴！"他惊叫道，"没想到它这么猛烈。"

"放手！"汤姆向盖瑞特先生和易瑞德凯特喊道，他们俩正抓着单翼机的尾部防止它滑离地面。

"好的。"盖瑞特先生回答。

汤姆加大了油门，发动机的声音立即增大不少。接着，"蝴蝶号"在跑道上急速冲刺。飞机跑得越来越快，直到汤姆觉得动力势能足够了，他就倾斜机翼让飞机抬升，离开地面。

升空以后，它盘旋着冲上 150 米的高空。汤姆时而绕圈，时而上上下下，时而画着"8"字形的图案，测试着飞机的各项性能。

突然，发动机熄火了，飞机开始降落，地面上的人焦虑地看着上面，一片寂静，因为开始的时候他们还能听到飞机发动机的轰鸣声，现在一点声音也没有了。

"发动机熄火了！"盖瑞特先生喊道。

史威夫特先生听到后，焦虑不安地望向汤姆驶去的方向。

"他会有危险吗？"戴蒙先生喘了口气说。

没有人回答他。单翼机就像一只在飞行过程中折翅的大鸟，急速下坠。没过多久，汤姆的一声呼喊才让他们放下了心。

"他故意关掉发动机的，"盖瑞特先生说，"他正在测试滑翔性能！"

"蝴蝶号"离人群越来越近了。就在飞机要冲到地面的时候，汤姆通过调节机翼改变了俯冲角度，以减小垂直向下的冲力。一系列操作之后，汤姆降落在离大家不远处。"蝴蝶号"着陆时，飞机轮子上的弹簧很好地削减了落地的冲击力。飞机在地面滑行了一段距离就停下了，汤姆跳了下来。

"一切正常！"他高兴地说，"戴蒙先生，要是明天的天气能像今天这么好的话，我们的出行一定没有问题。"

"太好了！"戴蒙先生喊道，"我一定会很高兴。"

第二天一大早，他们就准备好出发了，天空中没有一丝风。就目前看来，这次飞行不会有什么问题。

"汤姆，你什么时候回来？"史威夫特先生问道。

"今天晚上，或者明天早上。不知道芬威克先生需要我做什么。要是他需要我在那里待一段时间的话，我会先回来告诉你，然后再返回费城。我可能还要回来拿一些特殊的工具，说不准今天晚上就回来了。"

"要我给你留晚餐吗？"女管家巴盖特夫人问道。

"不知道，"汤姆笑着说，"我也许会去尼斯特小姐家吃苹果馅饼，"他跟他们提起过尼斯特小姐雇新女厨的事。"好了，"他转身对戴蒙先生说，"你准备好了吗？"

"好得不能再好了。汤姆，你说我们这次有可能滑翔吗？"

"很难说，但是只要没有风就不会有危险。好了，盖瑞特先生，启动吧。"

盖瑞特先生旋转着巨大的木质螺旋桨，伴随着呼呼的咆哮声，马达开始高速旋转，"蝴蝶号"准备好起飞了。

当引擎加热到一定温度的时候，汤姆向前推动了汽油控制杆。他向大家挥手道别，然后大声喊道："好了！出发！"

单翼机像挣脱束缚的猎犬一样飞奔出去。跑了大约150米，飞机倾斜着翅膀，以获得向上的抬升力，它离开了地面。

"我们飞起来啦！"戴蒙先生向下面的人群挥舞着双手。

"是啊，我们飞起来了，"汤姆低声说，"现在就去费城！"

汤姆在前一天晚上画了一张路线图，现在他可以照着地标，尽可能沿着直线开往费城。

驾驶像独木舟一样脆弱的机器飞翔在2000米的高空，这种感觉对汤姆来说已经不再新鲜了。但是对戴蒙先生来说还是头一次，虽然他经常坐大型飞机出行，可是像这样的旅行方式还没有过，他感觉自己就像骑在鸟背上，跟以往坐飞机的感觉完全不同。然而，一阵惊慌过后，他也开始习惯了。

"可怜的戒指！"他兴奋不已地喊道，"我喜欢它！"

"我想你会喜欢的。"汤姆使劲喊道。

大地就像一张彩色的地图在他们下方伸展开来。

"我们要多久才能到？"戴蒙先生在汤姆耳边喊道。

"但愿不会超过 3 个小时。"汤姆喊道。

"什么！坐火车可要 5 个多小时呢。"

"是的，我知道，可是我们走的是直线，全程只有大约 400 千米，相当于只需达到 130 千米的飞行时速就好。现在我们的飞行时速是 120 千米，而且我还没有加速呢。"

"它比'红云号'都快！"戴蒙先生无比惊讶。

汤姆点了点头。在急速的气流中说话很困难。飞行 1 个小时之后，他们的速度开始逐渐增加。他们经过的大多数地方汤姆都能叫出名字。根据速度表上显示的数据，现在飞机的时速比 130 千米还要快。这是一次光荣的旅行，随着他们不断地向前冲，汤姆和戴蒙先生的眼里都充满了喜悦。2 个小时过去了。

"快要到了吧？"戴蒙先生几乎咆哮着问道。

汤姆又点了点头。

"我们能赶上一顿午餐。"他喊道。

飞行了近 3 个小时的时候，汤姆一只手指着下面，另一只手握紧方向舵控制杆喊道："费城北部！"

"这么快？"戴蒙先生说，"哇，我们的速度确实不赖！

要在哪里降落？"

"不知道，"汤姆说，"我要挑一个我能看到的最好的地方。降落在市区可不行，因为降落之后，没地方滑行。"

"富兰克林运动场怎么样？"戴蒙先生喊道，"人们经常在那里面踢足球。"

"好啊！正是我想找的！"汤姆非常满意。

"芬威克先生就住在富兰克林运动场附近。"戴蒙先生继续说道。

几分钟后他们就到了费城市区上空。他们飞得很低，街道上的人们非常兴奋地看着他们。汤姆驾驶着飞机向运动场飞去，不一会儿就看到了远处的富兰克林运动场。

突然，发动机出乎意料地停止了运转。飞机开始以令人感到可怕的速度下降，汤姆迅速调整方向舵和机翼，防止飞机扭转到危险的角度。

"怎么回事？"戴蒙先生异常激动，"是你故意把发动机关了吗？"

"不是！"汤姆冷静地回答，"出问题了！"

"出问题了！可怜的鞋子！会有危险吗？"

"我们得飘落到地面。"汤姆表情严肃地说。

"蝴蝶号"第一次搭载乘客就遇到这种情况，该怎么办呢？不一会儿汤姆就若有所思地点了点头。此刻飞机正在高速滑行，直指富兰克林运动场，地面上已经站满了好奇的人们。

第六章

新 飞 艇

飞机发动机熄火后不久，飞机就开始向地面俯冲。汤姆瞥了一眼戴蒙先生，戴蒙先生看似十分平静，但是他脸色苍白，嘴唇快速抖动着。

汤姆将机翼向上倾斜，以便获取更大的空气阻力，尽量使"蝴蝶号"与地面保持平行。这一操作降低了飞机的下降速度，他们水平向前滑行了 30 多米。

"还有没有更大的危险，汤姆？"戴蒙先生问道。

"应该没有了。"汤姆自信地说，"我以前也遇到过这种情况，而且是从更高的地方俯冲。我唯一担心的就是高空的交叉气流，遇到那种情况就很难通过机翼控制飞机。但是我相信我们一定会安全降落的。"

"可怜的外套!"戴蒙先生喊道,"但愿如此。"

现在,两个人交流起来容易多了,因为发动机不再喷出火花,也不再像格林机关枪①射击时那样砰砰作响。汤姆发现螺旋桨在迎面而来的空气推动下慢慢地旋转着,于是他想借助转动的惯性启动发动机。他试了一下,可是没有成功。汤姆意识到肯定是飞机的哪个部件出问题了,这是他最不愿意看到的。

他们离地面越来越近,运动场上聚集的人越来越多。人群中传来惊恐的叫喊声,大家激动地追着飞机跑。汤姆和戴蒙先生在人们眼中就像是玩偶一样。

到达了水平滑翔的极限,单翼机再次倾斜着向地面冲去。戴蒙先生只能眼睁睁地等着和地面迎头相撞。

"小心!"戴蒙先生惊慌地喊道,"我们快要撞上去了!"

"不会的,"汤姆冷静地回答,"我在表演特技呢,坐稳了!"

"你在做什么?"

"螺旋式下降。我觉得这样降落会容易一点,可是飞机会出现严重倾斜,所以,你可要坐稳了。"

---

① 格林机关枪是美国人理查·乔登·格特林在 1860 年设计的手动型多管机关枪,是第一支实用化的机关枪。19 世纪末期,它是欧洲各国控制并扩张殖民地的重要武器,后在 20 世纪初为马克沁的全自动机关枪所取代。——译者注

汤姆灵活地操纵着手中的方向舵和机翼控制杆，不一会儿，"蝴蝶号"开始猛烈摇摆起来，就像一匹受惊的赛马。戴蒙先生从座位一端倒向了另一端，他拼命地抓住扶手。

"这个弯转得太急了！"汤姆喊道，接着放松了飞机方向舵，飞行轨迹立即变直了些。"气流在作怪。"

在他娴熟的操作下，飞机在空中优雅地盘旋着，缓缓接近地面。飞机完全被控制住了，汤姆脸上露出了笑容。看到汤姆的表情，戴蒙先生终于松了口气，他的手刚才一直死死地抓着扶手，现在才敢松开。

"现在没事了，"汤姆说，"只要再往前滑翔一段距离，我们就可以着陆了。"

他驾驶着飞机直直地向前滑翔，顷刻间飞机就提升了一点速度。接着，机翼向上倾斜了一下，飞机放慢了速度，就好像是踩了刹车一样。不一会儿，它又冲向地面，紧接着又被倾斜的机翼阻止了。

只听到"砰"的一声，座位上的两个人被颠得晃了一下，"蝴蝶号"着陆了，这架小单翼机在快速滑行后稳稳地停下了，汤姆和戴蒙先生从座椅上爬了下来。

人群中爆发出热烈的欢呼声，数百人向他们涌来。很多人都想走近摸一摸这架飞机，虽然飞机逐渐流行起来，可是能这么近距离地观看，好多人还是第一次。

"你们从哪里来的？"

"你们是为了创造纪录吗？"

"你们飞了多高？"

"你们是紧急迫降还是有意降落到这里的？"

"发动机在空中熄火了吗？"

…………

类似这样的问题，接二连三地向汤姆和戴蒙先生扑来。汤姆尽自己所能，耐心地一一给予解答。

"无论怎样，我们着陆了。"他解释道，"但是我们没有预料到会以滑翔的方式着陆。发动机意外停止了，我们只能采用这样的方式降落。请大家远离飞机，小心把它弄坏了。"

几位警察见状也走了过来，他们担心这么多人聚在一起会惹出什么事，就让这些好奇的人远离了"蝴蝶号"。

汤姆急忙检查了发动机，发现只是一个小问题，他松了一口气。他打算将飞机放到一个安全的地方后再去芬威克先生家。

汤姆正打算询问场地主管人员，能否让他把飞机停放在运动场周围的看台上，这时从人群外面传来一个兴奋的声音："请让我过去，我要看一看那架飞机。我自己正在造飞行器，我想从中学点经验。请让我进去看一下。"

一个男人挤开人群，径直向汤姆和戴蒙先生站的地方走来。看到他，戴蒙先生无比感叹："哎呀！可怜的小刀！这不就是芬威克先生嘛！"

"芬威克先生？"汤姆惊奇地反问。

"是啊，就是我们要来见的发明家！"

就在此时，那个径直向他们走来的人也喊道："维克费尔德·戴蒙！"

"你没喊错，"戴蒙先生回答，"让我给你介绍一下，这位汤姆·史威夫特，他发明了数不清的机器。我和他就是来这里见你的，我们遇到了些小问题，就降落在这里了。不过没关系，我们本来就是打算要降落在这里的，因为我知道这里离你家很近。很高兴我们安全抵达这里了。"

"你一路上一直驾驶着这架飞机吗？"芬威克先生问道，他一边和汤姆握手，一边看着这架单翼机点头称赞。

"是的，从我家到这里不是很远。"

"哦，我真希望我的飞艇也能这么厉害。但是我的飞艇功能还不完善，但愿你能帮我找出问题出在哪里。我认识你的父亲，我也听说了你的实力。因此，我才向你求助。"

"您过奖了，"汤姆谦虚地说，"放心吧，我会尽我所能地帮您。不过，现在我得找个安全的地方停放我的飞机。"

"我来帮你，"芬威克先生迅速说，"交给我来处理吧。"

这时，一位警官带着几名副手抵达了现场，还好，芬威克先生认识这位警官，他请他们帮忙保护汤姆的飞机。最后这架飞机被挪到一个空置的大棚屋中，还派了一位警察看守。一切安排妥当后，他们三人一同去了芬威克先生家。

"我十分期待能够向你介绍我的'威泽号'飞艇。"芬威克先生一边走一边说。

"'威泽号'！"汤姆惊讶地重复道。

"是啊，就是我那架电动飞艇的名字。虽然它现在还不如它的名字那么霸气，不过我相信在你的帮助下，它可以威风地飞起来。我们坐出租车，很快就能到我家。刚才我在散步，看到一架单翼机从空中飞了下来，就立马跑去富兰克林运动场看。"

很快就到了芬威克先生家。不一会儿，他们就来到了芬威克先生家的房子后面，这有一间大棚子，占了一大块地。

"这架飞艇占满了整个棚子吗？"汤姆问。

"噢，是的，'威泽号'的体型非常庞大。这就是！"芬威克先生打开房门骄傲地说道。汤姆和戴蒙先生往里看去，他们看到一架大型双翼飞艇，上面顶着一个巨大的气囊，飞艇两侧突出来的是形状怪异的转向装置和机翼。飞艇的腹部是一个密封的艇舱，也可以说是吊舱。飞艇里面还有许多复杂的仪器和设备。

"看！这就是我的电动飞艇——'威泽号'！"芬威克先生骄傲地说，"你觉得这架飞艇看上去怎么样，汤姆·史威夫特？"

汤姆没有立即回答，他怀疑地看着这架电动飞艇耸了耸肩，从他第一眼看到这架飞艇，他就觉得这个巨型机器永远也不可能飞起来。

第七章

调　试

"你觉得它怎么样？"芬威克先生再次问道，因为他看到汤姆绕着电动飞艇看了又看，但什么都没说。

"我不得不说，它非常大。"汤姆说。

"可怜的鞋油！这飞艇真的很大！"戴蒙先生突然说，"汤姆，比你的那个'红云号'还要大。"

"但是它能飞起来吗？我就想知道它能不能飞起来。"芬威克先生继续说，"汤姆，你觉得它能飞起来吗？我一直不敢拿它出去试飞，我还做了一个体积更小的飞艇模型，虽然它可以悬浮在空中，但就是动不了，除非有风吹它。"

"这很难说，只有经过仔细的检测，我才知道这架大飞艇能不能飞起来。"汤姆回答。

"那就请你检测吧，"芬威克先生说，"我会给你很高的报酬。"

"哦，大家都是干发明这一行的，只要能协助你造出新型飞艇，我就非常高兴了，不需要酬劳，"汤姆立即反驳道，"我来这儿不是为了钱。或许我们应该先进艇舱里看一看发动机。要想让飞艇航行，发动机是最为重要的。"

"威泽号"的艇舱里有很多机械装置，而且大部分都是电动的，因为芬威克先生想让他的飞艇靠这种力量在空中翱翔。这架飞艇采用了新型的汽油发动机带动发电机，看着很小，但是动力十分强大，而发电机产生的电又被用来驱动一个电动机。飞艇通过这种方式获得动力，而不是直接由汽油引擎带动，芬威克先生认为这种设计更有效率，机器之间的协调性更好。汤姆很快就发现了"威泽号"的一个优点——它有一个大容量的蓄电池。

在主发动机突然停运的情况下，蓄电池可以带动电动机运转。这一点，芬威克先生考虑得相当周到。飞艇上的仪器、机械和电子设备数不胜数，汤姆不能仅凭粗略的观察就做出判断。

"好了，现在发动机也看了，你觉得它怎么样？"芬威克先生不安地问道。

"我得看看它运转起来的效果如何。"汤姆说。

"好了，吃过午饭再看吧，"芬威克先生说，"我很想现在就让你试试，然后听听你的建议，但是你们从夏普顿过来一定饿了，大家都说驾驶飞机能让人胃口大开。"

"不知道这样的话有没有科学依据，"汤姆笑着说，"不过我真的饿了。"

"那就等吃完饭再做测试，我估计现在饭也应该准备好了。"他们一起向芬威克先生的房子走去。一顿丰盛的午餐已经准备好了，吃过饭后他们三人又回到了放置"威泽号"的棚屋。

芬威克先生叫来了几位他雇用的技术人员协助。

"我可以在这里启动发动机吗？"芬威克先生问道。

"最好到棚子外面去试，"汤姆建议道，"可是那样肯定会引来一大批人聚集，我不喜欢被一群人围着工作。"

"哦，这个问题很容易解决，"芬威克先生说，"我有两处可以试飞的开阔场地。我们可以把'威泽号'从后门推出去，后面有一片空地，我用高高的栅栏围上了。我所有的试飞都是在那里完成的，尽管有些小孩会从栅栏漏洞处爬进来，但是没什么大问题。唯一让我烦恼的就是我还不能让'威泽号'起飞，不能起飞就没办法驾驶它飞行。这才是最大的难题，希望你能帮我解决，汤姆·史威夫特。"

"我会尽自己最大努力的。我们还是先把飞艇弄到外面去吧。"

他们很快就把飞艇挪到了外面，汤姆在露天场地对其做了细致全面的检查。发动机开始运转了，两个螺旋桨飞速旋转起来。

汤姆做了一些测试和运算，他可是这方面的专家。他又采用制动测试的办法，检测了发动机的马力最高能达到多少。

"我发现了一个比较麻烦的问题。"测试和运算后，汤姆对芬威克先生说。

"什么问题？"

"这种传动装置使得发动机的马力不是特别大。我们可以把一些齿轮换掉，不设置空挡再增加几个挡位，而且还可能需要用到一种新型化油器①，这样我们就能得到更大的速度和力量。"

"嗯，就这么改吧！"芬威克先生激动地说，"我就知道有些地方不对劲。你说，我这样改了之后就能飞起来了吗？"

"呃……"汤姆犹豫着说，"我觉得飞艇的机身设计也有问题，需要做些调整。这样下来工作量可能特别大。不过，或许在这些改动完成之后，'威泽号'就能飞上天了。"

"你能马上开始做吗？"芬威克先生急切地说。

汤姆摇了摇头。

"这次过来我不能待得太久。"他说，"我答应过我父亲最迟明天回去，不过我还会再过来的，然后一直在这儿帮您把这些事都做好。我需要回家拿一些专用工具，您也需要准备一

---

① 化油器，亦称"汽化器"。汽油机中用以使燃料与空气形成可燃混合物的部件。——译者注

些材料，我会给你列个清单。请您原谅我的说话方式，芬威克先生。"汤姆谦虚地补充道。

"我一点都不介意！"芬威克先生热情地说，"我是真心向你征求建议和寻求指导，你说什么我都会照做的。希望你能尽快回来。"

"下周一我就会回来，"汤姆承诺，"然后再决定我们具体该怎么做。现在我要再次把飞艇整体检查一遍，看看我还需要什么。然后再测试一下气囊的最大浮力。"

接下来的半天时间，汤姆非常忙。在戴蒙先生和"威泽号"主人的帮助下，汤姆仔细地检查了每个环节的运行情况。工作结束后，由于时间太晚不能回夏普顿，汤姆给爸爸打了个电话，他和戴蒙先生就在芬威克先生家住了一晚上。

第二天早上，汤姆列出了需要准备的东西的清单，然后到富兰克林运动场检查、修理"蝴蝶号"，他发现一根连着发动机的电线断了，就是这根电线导致了火花塞无法引爆。他很快就修好了，周围已经聚集了一大群人，汤姆和戴蒙先生开始了他们的返程航行。

"汤姆，你觉得'威泽号'能飞起来吗？"他们飞到费城上空时，戴蒙先生问道。

"我也在怀疑这个问题，"汤姆回答，"或许在我对它进行改造之后，我的看法就会改变。虽然那架飞艇的供电系统很好，但最大的问题就是，它太大、太笨重了。"

　　三个小时之后，他们安全抵达了夏普顿，这次他们没有飘落到地面。短暂歇息之后，汤姆就开始收集大量的特殊工具和器械，准备把它们带到费城去。

　　汤姆在第二周开始时又启程去了芬威克先生家。由于这次要运送大量工具，他选择坐火车过去，戴蒙先生这次没有陪他。随后，在芬威克先生及他雇用的技术人员的帮助下，汤姆开始着手改造这架飞艇。

　　"你觉得你能让它飞起来吗？"经过几天忙碌的工作之后，芬威克先生焦急地问道。

　　"希望可以。"汤姆回答，这次他的语气中透露出上一次所没有的自信。随着工作的继续进行，他越来越觉得有希望了。"不论怎样，过几天我都会试飞一次。"他又说。

　　"那我就要通知戴蒙先生了。"芬威克先生说，"他跟我说过，他很想看到这架飞艇试飞，而且要是有可能，他还想试乘。"

　　"好啊，"汤姆赞成道。"只要能飞起来就好了。"他接着小声说。

第八章

安迪的报复

这周接下来的时间里，汤姆一直忙于飞艇的改造工作。他对飞艇做了很多重要的改造，包括将气囊中的气体换成一种新型气体。这种气体比芬威克先生之前用的那种气体更轻，产生的浮力更大。

一天下午，汤姆从放置飞艇的棚子里走出来后说："芬威克先生，再过几天我们就可以开始第一次试飞了。我还得回一趟夏普顿，取一些必要的器械，回来的时候我会把戴蒙先生带过来，然后让我们一起见证'威泽号'能不能创造奇迹。"

"你是说我们将要试飞了吗？"

"是的。"

"打算飞多远的距离？"

"那就要看它的表现了，"汤姆笑着说，"如果条件允许，我会尽量飞远一些。"

"这样的话，"芬威克先生说，"我要准备一些食物、装备和备用品，以防我们一飞就是两三天。"

"听起来不错，"汤姆赞同道，"但是很难说我们能不能在空中待那么久。"

"哦，乘坐飞行器的时候我总是感觉特别饥饿，"芬威克先生接着说，"所以我要带上足够的食物。"

汤姆第二天回到了夏普顿，然后他告诉戴蒙先生，两天之后和自己一起再去费城。

"为什么不选择明天出发去费城呢？"史威夫特先生问他儿子。

"因为……"汤姆迟疑了一下。因为他刚刚读了一个留言条，这张便条在他去费城那天就已经送过来了，要是有人看过的话就不会再问为什么了。

便条上写得很简单：你要不要来我家吃苹果馅饼？新来的女厨做的东西很好吃，我的那几个朋友都很想见你。

落款写的是：玛丽·尼斯特。

"我很想去吃一些苹果馅饼。"汤姆笑着说。

汤姆准备好了他要带去费城的特殊设备。到了晚上，他就去拜访玛丽·尼斯特小姐了。她确实准备了一大盘苹果馅饼。

汤姆一到，她就高兴地全端了出来。

就在汤姆担心自己吃不完的时候，她笑着把汤姆带到一间屋子里，屋里都是她的好朋友，她说："让她们帮你吃吧，汤姆先生。姑娘们，这位就是汤姆·史威夫特先生，他不怕飞到天上，也不怕潜到海底，还敢抓住脱缰的马。"最后一句话她指的是汤姆救她那件事。那是他们第一次相遇，后来两个人才慢慢熟识起来。

汤姆和大家度过了一个欢乐的夜晚。期间，他还向尼斯特小姐及她的朋友讲述了一些自己的冒险故事。

"好像我讲了太多关于自己的事，"他最后说，"新来的女厨怎么样，尼斯特小姐？自从你父母坐'坚定号'游艇去西印度群岛之后，你有没有收到他们的消息？"

"新来的女厨，她的厨艺可是相当一流。"尼斯特小姐回答，"我们都很喜欢她，她说她很想再坐一次你的车，我告诉她那是你发明的电力小轿车。"

"当然可以。"汤姆说，"要不是她，我绝不可能吃到这么好吃的苹果馅饼。"

"那我就这样跟她说了。"尼斯特小姐说。

"你有没有收到你父母的消息呢？"汤姆更想知道这个问题的答案。

"哦，是的，我今天刚收到一份电报。他们到达了圣奥古斯丁，在那里他们发电报告诉我这次游艇出行很开心。我听妈

妈说那艘游艇的主人霍斯布鲁克先生是个非常好的人。他们将
从那里直接前往西印度群岛，但愿他们能够顺利抵达，听说每
年的这个时节都会出现大风暴。"

"他们不会有危险的，放心吧！"汤姆安慰道。

同尼斯特小姐和她的朋友们在一起玩的时候，时间过得
很快，汤姆起身回家时已经很晚了。他答应尼斯特小姐只要
他帮芬威克先生调试好飞艇就会尽快回来，品尝新女厨做的
其他美食。

汤姆回家时已是深夜时分，离家不远处他就看到了自己家
的房子及围绕在周围的多个车间，最先映入眼帘的就是停放单
翼机"蝴蝶号"的车间。汤姆把这架小飞机当成自己的宠物，
虽然制造这架飞机花费的金钱和时间都比不上他的其他发明，
但是他喜欢这架飞机远远超过那架大飞艇——"红云号"。最
主要的原因就是"蝴蝶号"十分轻巧灵活，它起飞所需的准
备时间短，飞行速度快。由于这架飞机还有一个加大的油箱，
所以也能胜任长时间的飞行。

汤姆有点惊讶，因为他看到放置"蝴蝶号"的车间竟然有
亮光。

"会不会是爸爸或盖瑞特先生在那里？"他自言自语，"可
是，这么晚了他们会在那里做什么呢？不可能是准备夜间飞行
吧。难道是戴蒙先生过来了，他想看看我的飞机？"

汤姆又思索了一会儿，他意识到不可能是戴蒙先生，因为

戴蒙先生已经给他打过电话了，说他第二天才能到。

"肯定有人在那儿，"汤姆继续说，"我得赶紧过去看看是谁在那里。"

汤姆加快了步伐，快速而安静地向车间靠近。车间的墙上有一个大玻璃窗，从外面能看到里面的情况。当汤姆靠近窗户的时候，屋子里面的亮光还在闪烁，并且在前后移动。

汤姆躲在窗子旁边偷偷地朝里面望去，他看到一个人影在移动，还听到了碎裂声。当他准备向门前走去的时候，屋子里的亮光突然没了，他听到了急促的脚步声。

"他们发现我了，打算逃跑，"汤姆想，"我一定要抓住他们！"

他径直跑到了大门口，刚站稳就有一个人跑了出来，汤姆和那个人撞在了一起，被撞倒在地。而那个人被撞得打了个趔趄，但是他迅速爬起来跑掉了。

凭着微弱的月光，他看见那人好像是安迪！即使看不清脸，汤姆也可以从那个人的轮廓做出判断，他对安迪的身影再熟悉不过了。

"站住，安迪！"汤姆喊道，"你在我的车间里做什么？谁让你进去的？你都干了什么？"

黑夜中传出了安迪的声音，"我说过要跟你算账的，刚才我已经算过了。"随后，只听见安迪大笑一声，他的脚步声就渐渐消失了。安迪到底做了什么？

第九章

"威泽号"飞起来了

汤姆一时间怔住了，他眼睁睁看着那个不敢跟他正面交锋的坏家伙飞奔而去，他不知道该不该去追他，现在最重要的就是赶快进去看看安迪都损坏了什么东西。

他的猜测一点儿也没有错。汤姆走进车间，打开灯。当他看到"蝴蝶号"的时候，内心爆发出一股难以抑制的愤怒。

"蝴蝶号"变成了一只折翼的"蝴蝶"，翅膀上的帆布被安迪弄得千疮百孔。

"可恶的家伙！"汤姆咆哮地喊道，"我一定要让他为此付出代价！他毁掉了我的飞机。"

汤姆仔细地查看他心爱的飞机。当他看到飞机前端的螺旋桨时，他再一次惊叫出来，原本好好的木制桨叶已经不成形了，很明显被人用斧子砍过。制作螺旋桨叶的木头是汤姆精心挑选的，花了很多时间和精力才把它弯曲到一个合适的弧度，最后经过反复的抛光，才打造出一副外观优雅的螺旋桨。而现在，这副螺旋桨已经报废！

巨大的愤怒使得他有点意志消沉，他好想抓住那个坏蛋，狠狠地揍他一顿。不过紧接着，汤姆又冷静下来了。

"可是，就算揍他一顿又有什么用呢？"他分析着，"现在'蝴蝶号'已经被毁坏了，只要花一些时间就能修好它，幸好安迪没有弄坏发动机。没关系的。"在刚才检查时他发现发动机是好的。"不过我现在没时间修它，"汤姆接着说，"我得把所有精力集中在芬威克先生的飞艇上。等我忙完他的飞艇后再回来修我的飞机。好在这次我不用驾驶这架飞机去费城。可怜的'蝴蝶号'！真的是被糟蹋了。"汤姆怀着悲伤的心情跟他心爱的小单翼机说话，就像它能听懂一样。

他沮丧地看了一眼他的飞机，就转身离开了车间。他看到门上的锁扣已经被撬坏了。

"要是防盗报警器当时开着，就不会发生这样的事了。"汤姆思索着。史威夫特家的车间都装有报警系统，只要有人闯进来超过一定时间，报警器就会响起来。可是最近他们没有打开报警系统，因为最近他和父亲没有什么特别的发明需要保护。正是因为这一时的疏忽，才给了安迪可乘之机。

"不过以后不会再发生这种事了。"汤姆心里想着,他立即动手连上了报警装置。回到家里,他跟父亲和盖瑞特先生说了这件事。他们都非常气愤,盖瑞特先生说他以后睡觉的时候会时刻留意警报器的声音。

"哦,安迪不可能再立刻回来搞破坏的,"汤姆说,"他现在心里一定十分害怕,肯定会消失一段时间。他知道我肯定会去找他算账的。"

事实证明汤姆的猜测是正确的,安迪第二天一大早就逃出镇上了,听他母亲说他是去亲戚家了。他母亲并不知道儿子做了卑鄙的事,汤姆也没有跟她说。

这一天,戴蒙先生也从沃特菲尔德赶了过来,他说了一大堆"可怜的"东西,很想知道汤姆是否准备好试飞电动飞艇了。

"是的,我们明天就去费城。"汤姆回答。

"我们还是乘坐'蝴蝶号'去吗?可怜的手表链,我喜欢那架小飞机!"

"要想坐'蝴蝶号'可得等上一段时间。"汤姆难过地说,接着,他把安迪的恶行告诉了戴蒙先生。

"什么?可怜的身体!"戴蒙先生愤怒地吼道,"我从没见过这么坏的人,听都没听说过!"

然而,汤姆觉得自己最好还是不要去想这件事,并且努力把它忘掉。他希望在离开家之前有时间修好他的飞机,可是为了能让"威泽号"飞起来,他还有很多事要做。

"汤姆，你什么时候能回来？"第二天早上，汤姆和戴蒙先生准备出发去费城的时候，史威夫特先生问道。

"很难说，爸爸。要是'威泽号'能飞起来的话，我在驾驶它旅行的时候会顺便降落到这里来看看你。可是如果要对'威泽号'的结构做大幅度调整的话，就很难说我什么时候能回来了。不过，我会一直给你写信的。"

"你不能给我发电报吗？"史威夫特先生微笑着说。

"只要我能在芬威克先生的飞艇上装上发电报的装置，我就给你发，"汤姆说，"只是现在还没时间做这些。"

"从飞艇上发无线电报？"戴蒙先生喘口气说，"可怜的肠胃！我可从没听说过从飞艇上能发无线电报！"

"哦，这没什么好奇怪的。"汤姆告诉他。如今，一些大型双翼飞机都能发送无线电消息。机翼框架里的电线被用作发射天线，接地引线被一个悬挂在飞机下方的东西替代。电流直接由发动机供应，其他重要组成部分还包括一个小型升压变压器[①]、一个电键及其他小部件。汤姆大大改进了设备，使得他的电报机还可以接收无线电消息，而当时只有少量的双翼机才具有这样的功能。

不过汤姆明白，现在肯定没有时间给芬威克先生的飞艇安装这样的无线电装置。只要他能使"威泽号"飞起来，就已经

---

① 升压变压器是用来把低数值的交变电压变换为同频率的高数值交变电压的变压器。——译者注

很难得了。

"好吧，你有时间就给我写信吧。"史威夫特先生说。汤姆也答应了。然而在接下来的日子里，汤姆遇到了一系列奇怪的事，他的父亲再次收到他的消息时已经是很久以后的事了。

汤姆在离开的前一天晚上还去了尼斯特小姐家，向她告别。

现在，汤姆正在和自己的父亲、盖瑞特夫人还有盖瑞特先生一一道别，当然，还有易瑞德凯特。

"瑞德，可别再让安迪溜进来捣乱了。"汤姆提醒道。

"绝对不会再让他进来！"易瑞德凯特大声说，"他要是再敢来，我就让回飞棒踢死他，然后我再把他刷成白色，让他爸爸都认不出他来。汤姆先生，你就放心吧。有我在这里，那个安迪不会乱来的！"

汤姆听完后大笑，接着就和戴蒙先生一起去了车站。他们当天下午才到达费城，和驾驶飞机相比，坐火车要慢好多。芬威克先生正在焦急地等他们，汤姆一到就开始投入工作了。

当天晚上他忙到很晚，第二天一大早又开始干活了，他对飞艇做了更多的调整和改造。直到那天下午，汤姆说道："我想我们可以把电动飞艇弄出去试试了，芬威克先生。"

"你的意思是可以飞了吗？"

"是的，应该可以飞了，不过距离可能比较短。我想先把它升到空中，看看它表现如何。"

"好啊，要是你发现升空之后一切正常的话，你就可以马上开始长途旅行了。"芬威克先生建议道，"你就放心飞吧，我已经在飞艇上准备好必备物品了，'威泽号'的货物储存量可是相当大的。"

一个小时之后，这架大型的电动飞行器被推到了试飞场地上，看似庞大的机器，其实只要 4 个人就可以很轻松地把它推出来，因为飞艇的气囊具有浮力。除了芬威克先生、汤姆、戴蒙先生及芬威克先生的几个密友和机械工人，试飞场地上再没有其他人围观。

汤姆、戴蒙先生和芬威克先生爬上了悬吊在气囊下方的艇舱，气囊的两侧就是飞艇的翼，像一对翅膀。汤姆决定采用助跑的方式让"威泽号"起飞，艇舱在地面滑行到一定速度后，倾斜机翼就能让飞艇飞离地面。他想知道，在不借助气囊浮力的情况下，飞艇能不能以这样的方式飞起来。

所有准备工作都已就绪。启动发动机之后，机器发出嘈杂的轰鸣声，螺旋桨逐渐加快旋转速度。飞艇被一条绳子紧紧地拉着，绳子的另一端系着一个弹簧秤①，用来测发动机的最大拉力。

"360 千克！"一位机械员喊道。

"最好能有 450 千克，不过今后再调试吧。"汤姆低声说，"解开绳子！"

绳子被解开了，发动机的速度越来越快，在机械员的推力帮助下，飞艇开始在平地上移动了，周围的人们爆发出一阵欢

---

① 弹簧秤，用弹簧伸长量来量度拉力大小的仪器。——译者注

呼声。"威泽号"在陆地上的表现确实不错。

汤姆紧张地看着仪表盘和其他设备。他需要更快的速度，可是看似难以达到。发动机已经被开到最大马力了，当飞艇跑到速滑跑道尽头时，汤姆觉得有必要让"威泽号"飞起来了，于是他拉动了飞艇的升降舵。

"威泽号"前端抬了起来，可是接着又落了下去。汤姆迅速关掉电源，踩住了刹车，一排钉子一样的印痕深深扎进土里，高高的木栅栏出现在汤姆的正前方。

"怎么回事？"芬威克先生焦急地问着。

"还没能达到可以起飞的速度，"汤姆说，"我们需要更大的动力才能让它起飞。"

"还能增加动力吗？"

"应该可以，我调试一下发动机的挡位。"

他们用了 1 个小时才把发动机挡位调试好，再次测试后他们发现，现在的拉力已经达到了 680 千克。

"现在应该能飞起来了。"汤姆冷静地说。

发动机再一次喷出了火光，螺旋桨高速旋转起来，看上去就像是一个光盘。"威泽号"再一次在地面滑行，而这次它在靠近栅栏的时候，像一匹野马一样轻松地越过了这排障碍，如一只大鸟般冲上了天空。

"威泽号"飞起来了！

第十章

大西洋之上

"太好啦！"芬威克先生欢呼道，"我的飞艇终于飞起来了！"

"是啊，"汤姆说，他不断调整着控制杆和连接装置，"它飞起来了。虽然没有我想象中飞得那么高，但是考虑到它的重量，而且我们还没有用气囊，这样已经很不错了。我现在就把气囊充满，这样就能飞得更高些。芬威克先生，你想开一会儿吗？"

"不，汤姆，还是你来吧，等到机器运转稳定了我再试吧。我可不想让它毁在我手上。我之前费了很大劲儿，也没能让它飞起来，现在终于飞起来了。感觉太棒了！"

"可怜的长筒靴！这架飞艇真的很不错！"戴蒙先生说，他看向下面，芬威克先生的朋友和机械员们都在欢呼，并向他们挥舞着双手。

"我们还能做得更好。"汤姆说。

他已经打开了气体制造机，现在正检查电子设备，看这些设备是否运转良好。有些设备需要调整，他很快就处理好了。

操纵舵被设置为自动模式，"威泽号"在空中绕着大圈飞行。飞艇本来在大约 600 米的高空中盘旋，但后来随着气体逐渐进入气囊，飞艇慢慢升到了 1500 米的高空。这超出了汤姆的预期，他很满意，准备降低飞行高度。

在下降过程中，汤姆不断变换着各种飞行姿势，以测试飞艇的灵活性，他发现了很多还需要改进的地方。

"你不打算飞远一点吗？"芬威克先生看到飞艇在缓慢降落，问道。

"可以了，第一次飞行就到这里吧。"汤姆说，"不过，现在还是你来操作比较好，芬威克先生。你来控制降落，我去监视发动机和其他设备的运行。"

"好吧，我应该可以让飞艇降落。"芬威克先生答应道，"对我来说，下降比上升容易多了。"

他确实驾驶得很好。当他们从飞艇上走下来时，他的朋友们都过来表示祝贺。汤姆也得到了大家的一致赞扬，因为芬威克先生和他的朋友们之前几乎不抱任何希望了，他们认为"威泽号"不可能飞起来。

"现在你觉得这架飞艇怎么样？"芬威克先生想知道汤姆的看法，汤姆告诉他，"威泽号"还需要进一步改进，改进完成后，他期待能有一次长途旅行。

接下来的两天里，汤姆一直在进行飞艇的改进工作，他和芬威克先生及其助手们整天忙个不停。汤姆给父亲发了一封电报，告诉他长途飞行的打算，并告诉他如果一切正常，他可能会在夏普顿降落。他还给尼斯特小姐发了一封电报，让她为自己准备一些苹果馅饼。

长途旅行的准备已经差不多了。初步测试表明，经过汤姆的一系列改进之后，"威泽号"的各项性能都得到了大幅度提高。汤姆看了看芬威克先生在飞艇上准备的食物和其他备用品，问道："你希望旅行多长时间，芬威克先生？"

"哦，你觉得一个礼拜怎么样？"

"一个礼拜有点太长了，"汤姆回答，"我更喜欢能在两天之后回来，或者不要超过两天。不管怎样，我们已经准备好出发了。你的那几位朋友有想要去的吗？"

"我已经跟他们说过了，可是他们都很胆小，不敢去。"芬威克先生说，"这次旅行就由我们三人来完成吧。要是成功的话，他们下次肯定会主动要求搭乘我的飞艇。"

出发这天，和往常一样，来了一大批人观看飞艇起飞。这一天天气暖和，但是有点薄薄的雾，汤姆不喜欢有雾的天气。

他希望飞不了多远就能飞出雾区。

"你有特别想去的地方吗，芬威克先生？"当他们三人走进艇舱时，汤姆问道。

"有啊。要是可以的话，我想去新泽西的五月岬①。在那里，我的一个朋友有一套避暑别墅。他老是嘲笑我的飞艇，我想把飞艇降落在他家门前，然后把他叫出来看看。"

"那我尽力吧。"汤姆笑着同意道。

起飞非常顺利，"威泽号"在地面滑行了一会儿就飞起来了。随着气囊中的气体逐渐充满，飞艇越来越高。不一会儿，他们就飞翔在费城上空了。

飞艇上升的速度非常迅速，他们很快就听不到地面上人们的呐喊声了。飞艇越飞越高，汤姆驾驶飞艇绕着市政厅大楼②上的彭威廉铜像飞了两圈，街上的人们惊呼不已。

"现在你来开吧，"汤姆对芬威克先生说，"直飞过特拉华河③，越过新泽西州的卡姆登，然后再朝南飞就能到五月岬。现在飞艇的时速很快，不到 1 个小时我们就能到达。"

---

① 五月岬，英文名 Cape May，又译为开普梅，是美国新泽西州南部的一个城市。——译者注

② 市政厅大楼是美国费城最高的建筑，其主体由花岗石构成，顶部是"费城之父"William Penn 的巨大铜像，铜像高 11 米多，重 27 吨，费城市政厅大楼至今也全世界最高的砖石建筑。——译者注

③ 特拉华河 (The Delaware River)，亦译德拉瓦河，是美国东北部的一条重要河流。——译者注

芬威克先生开始驾驶，汤姆和戴蒙先生在一边检查其他设备。好多设备都需要时刻留心，不然随时可能出现问题，好在有一套自动运行装置，汤姆将它打开之后，就不用时刻盯着看了。

汤姆时不时地透过艇舱上的玻璃窗往外看，戴蒙先生注意到了这点。

"可怜的鞋带！"他说，"汤姆，有什么问题吗？"

汤姆回答，"我猜我们有可能会遇上风暴。"

"那我们赶紧回去吧！"

"不行，芬威克先生肯定会感到十分失望的，毕竟目前我们这段旅程还挺不错。他期待这次长途飞行已经很久了。即使有什么不好的结果，我也不会怪他。"汤姆小声说。

"可要是出现……"

"哦，好了，我们很快就能到五月岬，到那之后就可以返航了。不过，风速好像在快速增加。"汤姆看了看风速计，现在风速达到了每小时 32 千米。而且，风的方向正好和他们的前进方向一致，这在一定程度上加快了他们的前进速度。

此时，"威泽号"速度达到了每小时 65 千米，虽然比不上一般的飞机，但是对于一架飞艇来说已经够快了。汤姆看了看高度计，他们现在处于 2300 米的高空。

"这高度比那个百万富翁戴克斯特的 2180 米的飞行高度还要高，"汤姆笑着说，"而且我们也打破了盖瑞特创造的

2220 米的记录。你的机器真的很棒，芬威克先生。"

"真的吗？"芬威克先生高兴地问道。

"当然了，而且我们的飞行速度也比他们快，不过刚开始的时候最好不要飞太快。等它适应了高空的环境，我们就可以进一步提速了。现在它所达到的高度和速度已经很不错了。"

他们继续向前飞行，汤姆发现飞艇上的机器运行良好，就把动力加大了一些。"威泽号"立即向前冲了一下。不久，他们就看到了新泽西海岸的度假胜地——五月岬。

"现在降低飞行高度，我想下去拜访我的朋友。"芬威克先生笑着说，"他肯定会大吃一惊的！"

"我认为现在最好还是不要下去。"汤姆说。

"为什么？"

"现在风速变得越来越快，如果我们掉头回去，会遇到很大的阻力。要是在你朋友家降落的话，我们想再飞起来就难了。虽然现在我们处于较高的位置，在这里掉头往回走会容易很多，但是一旦降落到地面，在这样的大风环境下，不论从那个方向起飞都很困难。所以，我们最好还是不要降低飞行高度——至少不能完全降落到地面上。"

"那好吧，我都听你的。可是我还是想让我的朋友看一下——我的飞艇也能飞起来。"

"我尽量让飞艇飞低一点。只要你能找出他家的房子，我们飞到房子上空，然后你把你要说的话写下来，装到一个硬纸筒里，把它扔下去，我们专门准备了一些纸筒。"

"这个主意不错，"芬威克先生赞同道，"就这样做吧！"

汤姆开始降低飞行高度，直到他们能清楚地分辨出下面的建筑物是什么。芬威克先生用小型双筒望远镜往下看去，找出了他朋友的房子，汤姆开始在屋顶上空盘旋。

他们的出现很快就吸引了数百人围观，人们兴奋地看着天空。

"他在那里！那就是我的朋友，他认为我的飞艇永远不可能成功飞起来！"芬威克先生指着一个站在一座白色大房子前面的男人说，"我要把我想说的话丢下去！"

一个厚重的纸筒很快被取了出来，芬威克先生把一张纸条放进去后，就把纸筒扔出了窗外。由于他们现在处于逆风飞行状态，飞艇移动得非常缓慢。

芬威克先生把头伸出艇舱窗外，向他的朋友大声喊道："嗨，威尔！我记得你以前说过，我的飞艇永远都不可能飞起来！可是我做到了！以后有机会我会载你出去兜风的！"

也不知道那个人有没有听到芬威克先生说的话，不过他看到了芬威克先生在向他挥手，并且看见了掉落的纸筒。他立即跑过去捡那个纸筒。

"我们现在要上升了，准备回家。"过了一会儿，汤姆说。接着，他转动了飞艇方向舵。

"可怜的蓄电池！"戴蒙先生喊道，"这次的飞行体验太好了！”

"确实，比我们的返程要好很多。"汤姆低声说。

"为什么？怎么回事？"戴蒙先生问道。

"风力又增加了一级，会产生极大的阻力。"汤姆回答。

芬威克先生正忙着写另一封信，准备投下去，并没有注意汤姆在说什么。汤姆驾驶飞艇升上高空，然后尝试着调转方向，返回费城。可是还没等他调整好方向，风力就逐渐向飓风的等级转变了。由于风速是平稳增加的，汤姆一开始没有注意到气流的变化。当他把机头对准费城方向，处于逆风行驶的状态时，他才发现飞艇已经寸步难行。

汤姆马上意识到了危险，他放弃返航，将飞艇掉转回原来的方向，顺着风向往前飞，在螺旋桨的辅助下，飞艇的时速达到了 110 千米。

芬威克先生无意间从吊舱底部的玻璃窗往下看了一眼，下面的景象让他大吃一惊。

"什么！怎么回事！"他喊道，"我们……我们在海面上。"

"是的。"汤姆凝视着下面翻滚的巨浪冷静地回答。他们很快就飞过了五月岬上空，越过海滩，现在已经在大西洋上空了。

"上帝，我们……我们怎么跑到这上面来了？"芬威克先生又问，"这样做会不会很危险？这架飞艇从没在这样的环境下试飞过。"

"危险？是的，是有点危险。"汤姆缓慢地回答，"可是我们现在也没有别的办法了，芬威克先生。现在风这么猛，我们没法掉转方向往回飞，而且我们此刻也不能降落。"

"那我们现在该怎么办？"

"没办法，只能继续往前走，一直等到风力变弱再说。"

"那我们还要飞多久？"

"我不知道——也许要一个礼拜吧。"

"可怜的咖啡杯！还好我们飞艇上有足够多的食物！"戴蒙先生说。

第十一章

惊魂之夜

听到汤姆的回答之后，戴蒙先生和芬威克先生非常震惊，但没有表现出恐慌。然而，飞翔在广阔的海洋上空，时刻面临着恐怖的飓风，他们却只能依赖这架相对脆弱的飞艇。

汤姆极力保持沉着和冷静，为了不让他们惊慌。

"你确定我们现在不能掉头往回飞吗？"芬威克先生又问道，他对气流学的知识知之甚少。

"绝对不行。"汤姆简单地回答，"要是我们试图和风暴抗争的话，飞艇会被风暴撕成碎片。"

"有那么恐怖吗？"戴蒙先生问道，在如此紧张的气氛中他都忘记说"可怜的"话了。

"可能比这更恐怖。"汤姆回答，"现在的风速达到了每小时 130 千米，要是飞艇受到飓风的正面或侧面袭击，机翼最容易被损毁。虽然气囊可以让我们保持在空中不掉下去，但是没有了机翼，艇舱的稳定性会非常差，我们很容易受伤。我们只有顺着风的方向飞，才能尽量减小飓风对飞艇的影响。"

"可是，或许我们可以飞低一点，或是飞得更高一点，这样就有可能会处在不同的气流层当中。"芬威克先生建议道。

"我试试吧。"汤姆赞同道。他扳动了升降舵，"威泽号"开始向上爬升，由于飞艇处于顺风飞行状态，机翼受到的抬升力非常小，所以上升速度十分缓慢。

"现在风力减小了吗？"戴蒙先生焦急地询问。

"好像还在持续增大！"汤姆盯着风速仪回答，"现在的风速已经达到了每小时 145 千米！"

"随着螺旋桨的推进，我们的速度极有可能达到每小时 160 千米。"芬威克先生推测。

"达到了，我们现在已经达到每小时 160 千米了！"汤姆说。

"这么快的速度，我们很有可能被吹到大洋的另一边。"戴蒙先生喊道，"可怜的灵魂！我不敢想象了。"

"我想我们最好还是降低飞行高度吧。"芬威克先生建议，"我觉得我们没法爬到这个气流层的上方。"

"你说得对，"汤姆说，"也许低一点会更好。"

紧接着，升降舵被反向扳动了，"威泽号"开始向下俯冲。气囊中的气体没有排放出来，以便出现紧急情况时，飞艇可以迅速爬升。

这架体形巨大的飞艇一直降落，直到三人透过艇舱地板上的透明玻璃清晰地看到波涛汹涌的海洋。

"小心，千万不要一头扎到海里去！"戴蒙先生喊道。

"我想我们最好还是回到之前的高度吧。"汤姆说，"高层气流和底层气流中的风都是一样的强劲，我们在上面还能安全一点。现在，唯一的选择就是顺风飞行，直到飓风消失，但愿风力能够很快减弱。"

"为什么？"戴蒙先生小声问道。

"因为我们已经被风吹出去这么远了，要是我们返航的时候，燃油和电池撑不了那么久，那我们就……"汤姆没有说完，但是戴蒙先生知道他想说什么——等到"威泽号"无法在天空中飞行时，它就会掉进汹涌澎湃的大西洋中。

他们再一次上升到了高海拔的空中，在这个高度，风力要比在下面或是再高一层的上空都要小，但是情况依然不容乐观。飞艇被风吹得一直左摇右摆，好像要被大风撕成碎片一样。要是一定要说芬威克先生一事无成的话，那他唯一成功就是造出的飞艇十分坚固，让人坐在里面还相对安全一些。

接下来的一整天，他们都是被风吹着匀速前进。他们什么都做不了，只能检查机器设备，时不时把油箱加满，或者是做一些微小的调整。

下午快要结束的时候，戴蒙先生说："要是什么事都做不了的话，我们还是吃点东西吧。可怜的食欲！我有点饿了。芬威克先生，我知道你在飞艇上准备了很多吃的，是吧？"

"威泽号"上有一个装备齐全的厨房，很快，食物的香味就充满了整个艇舱。尽管他们身处危险中，但他们还是美美地吃了一顿，只是喝咖啡和其他液体的东西很困难，因为飞艇被风吹得晃来晃去，还会突然倾斜。

夜幕降临，黑暗渐渐笼罩了整个天空，飓风越吹越猛，刮得"威泽号"上装配的细电线呼呼作响，飞艇一会儿向左倾斜，一会儿向右倾斜，一会儿被卷进风窝，然后迅速抬升，就像船只在海上被起伏的风浪激打一样。

天色越来越暗，汤姆向下瞥了一眼，海面上灯光摇曳。

"我们刚刚越过了一些船只，"他说，"但愿他们的处境不会比我们糟。"他突然想到了尼斯特小姐的父母，他们现在应该在大西洋某处，在开往西印度群岛的"坚定号"游艇上。

"不知道他们是否也遇上了这场风暴？"汤姆沉思着。

"要是风力再不减弱的话，"汤姆沉思着，"今晚我们自己都有可能遇到麻烦。"

飓风丝毫没有减弱的迹象，反倒是越刮越猛。汤姆看了看飞艇上的速度计，飞行速度为每小时 145 千米。飞艇的状况还算稳定，目前最好的选择就是让它一直这样继续往前飞。

"每小时 145 千米，"汤姆自言自语，"我们已经以这个速度飞行了 10 个小时，大约有 1600 千米的路程。我们在大西洋上空飞了很远的距离。"

他看了看指南针，意识到他们并不是直直地往东飞，而是往南偏移了很多。

"照这样的速度飞下去，我们离西印度群岛就不远了，"汤姆分析，"但是我想，到明天早上之前风势一定会减弱的。"

然而，暴风并没有减弱，狂风在黑夜中刮得更猛了。夜晚令人充满恐惧，他们谁都不敢睡去，谁都不知道飞艇什么时候会被风掀翻，甚至被吹成碎片，然后一头坠入深邃的海洋中。

他们只能端坐着，时不时去检查一下机械设备，注视一下仪表盘上的数据。

突然，飞艇在咆哮的狂风中颠了一下，摇摇晃晃，好像要翻了一样。

"可怜的心脏！"戴蒙先生大声呼喊着，"我有一种不祥的预感！"

汤姆没有说什么。芬威克先生脸色苍白，惊恐不已。

几个小时又过去了，他们仍然以同样的速度被风推着继续向前飞行，有时盘旋向下，有时又乘着风力往上。他们只能任凭风暴摆布，却束手无策。汤姆又想起自己深爱的女孩的父母，他们一定忍受着汹涌巨浪的袭击，汤姆难以抑制内心的担忧。

第十二章

向下滑翔

　　他们坐在艇舱中，无助地互相看着对方。他们交换着检查设备，戴蒙先生偶尔说几句话，然后就是无尽的沉默，只能听到外面狂风的咆哮声。

　　"威泽号"看似不可能飞得更快了，然而，当汤姆看速度计的时候既惊讶又恐惧，因为时速已经接近240千米了。一般情况下，只有飞机才能达到这个速度，而且还要在大风和螺旋桨的共同作用下才有可能飞这么快。

　　飞艇不停摇摆，并且剧烈震颤，一半是由于电机的震动，一半是由于这场可怕的风暴。芬威克先生靠近汤姆大喊："你觉得我们飞高一点，或是降低一点，能躲过暴风的气流层吗？"

　　汤姆的第一反应就是这样做没有用，但是他又想了想，飞艇是芬威克先生的，他有权给出一些建议。汤姆点了点头。"我先试着飞高一些，"他说，"要是不行的话，我再试着往低处飞。可是，这也很难做到，风力太猛了。"

　　汤姆迅速调整了控制杆和舵柄。他两眼紧盯着高度计——这个精确的仪器不停抖动。汤姆倾斜升降舵以便向上爬升，但是他看到高度计的指针并没有动。尽管飞艇已经开足马力往上爬，但是他们并没能上升到高一层的气流中，而高一层的气流也许稳定一点。

　　汤姆发现这些努力都是徒劳，便又调整升降舵往下飞。往下飞相对要容易一些，但是情形反而恶化了，因为他们离海面越近，暴风刮得越猛烈。

　　"回去！再回到高处去！"戴蒙先生大喊道。

　　"不行了！"汤姆喊道，"我们只能待在这个高度了！"

　　"噢，这太可怕了！"芬威克先生呼喊道，"简直让人无法忍受！"

　　飞艇摇晃得更加厉害了，三人坐都坐不稳。

　　汤姆从艇舱玻璃望出去，看到外面有一丝暗淡的亮光。起初，他不知道那是什么。接着他又观察到那像炽热的电灯发出的苍白光芒。这时，他才明白已经到了破晓时分。

　　"看！"他指着窗外向同伴喊道，"太阳就要出来了！"

　　"是早晨了！"戴蒙先生喘口气说，"夜晚已经过去了吗？

或许现在我们能摆脱暴风了。"

"恐怕不行，"汤姆看了看风速仪，同时感受到"威泽号"仍然被狂风吹着左右摇晃，"风力还没有减弱。"

艇舱里的灯光变得越发暗淡。汤姆去检查了一下发动机，给需要加油的设备加满了油。当他回到戴蒙先生和芬威克先生所在的主艇舱时，天越发亮了。

"我们离开费城已经快一天了，""威泽号"的主人看了看航程指示器说，"我们已经行驶了 2600 千米，而且是高速行驶的。不知道我们现在到哪里了？"

"仍然在海洋上空，"戴蒙先生回答，他看到下方的巨浪翻滚着，"不过到底处在海洋的哪一部分却很难说。等到风浪平息下来，我们就能推断出所处的大概位置。"

汤姆从发动机室出来，看起来有点不安，他向芬威克先生询问道："芬威克先生，我想你还是过来看一看飞艇的气体制造机是怎么回事，好像有点异常。"

"出什么问题了吗？"戴蒙先生疑惑地问道。

"但愿没事。"汤姆回答，尽量表现得信心满满，"也许需要调整一下。'威泽号'上的这种装置与'红云号'上的相比，我不熟悉。气体好像在不停地从气囊中漏出去，我们再往前飞一段距离就可能掉下去了。"

"可是机翼和螺旋桨能够让我们保持在空中。"戴蒙先生说。

"是的——我们不用气囊也可以飞行，"汤姆犹豫着说，"只要机翼不会出现问题。可是，在这么猛烈的风暴下，'威泽号'的翅膀会显得十分脆弱，但愿……"

汤姆没有说完，外面就传来了什么东西撕裂的声音，整个飞艇颤抖起来，突然往下栽去，好一会儿才恢复过来，继续向前滑行。

汤姆和芬威克先生立马向安置机器设备的隔间跑过去，他们两人还没跑到跟前，就听到一声爆炸声，接着飞艇就像是撞到石墙一样往回弹了一下。

"可怜的剃须刀！怎么回事？"戴蒙先生非常焦虑，"出什么事了吗？"

"恐怕是这样，"汤姆冷静地回答，"听着好像是气囊爆炸了。我很担心机翼的承受力。我们必须弄明白是哪里出了问题！"

"我们正在往下落！"芬威克先生尖叫道，他看到高度计的指针不断回落，指示的数值越来越低。

"可怜的羽毛褥子！我们真的在往下掉！"戴蒙先生惊呼，"我们快跳下去吧，千万不能和飞艇一起坠下去啊！"

他猛冲到主艇舱的一个大窗子旁边，用尽全力向上，他想打开窗子，汤姆一把抓住了他的手。

"你要干什么？"汤姆嗓音嘶哑地问道。

"我想活命啊！我要尽快离开这架飞艇，我要跳下去！"

"想都别想！这样跳下去你会立刻死掉的。我们所处的位置太高了，不能在这里跳，就算下面是海洋也会把你摔死。"

"海洋！天哪，我们还在海洋上空？我们还有生还的希望吗？我们现在怎么办？"戴蒙先生犹豫了。

"首先，我们必须弄清楚飞艇的受损情况，"汤姆冷静地说，"无论发生什么，我们都必须保持头脑冷静。戴蒙先生，我需要你来帮我。"汤姆这么说是为了让戴蒙先生恢复理智。

戴蒙先生艰难地走到主艇舱中间，因为飞艇不停摇晃，两端很不平衡。他走到汤姆旁边。"我能帮你做些什么吗？"他问道。

芬威克先生正在忙着检查各种机器，初步判断，似乎没有机器受到损坏。

"你去看一下艇舱和机翼有没有问题，我去检查我们的气囊还剩多少气，"汤姆建议，"然后我们再决定怎么做最好。我们现在所处的位置依然相当高，要完全降落还得一段时间，就算什么都坏了，气囊还可以充当降落伞。"

戴蒙先生冲到艇舱后面的窗子旁边，从这里能看到机翼。他往外看出去，立即发出惊恐的尖叫。

"两片机翼坏了！"他喊道，"被风撕裂了，悬挂在两边。"

"正如我担心的一样，"汤姆平静地回答，"机翼承受不住如此猛烈的暴风侵袭。"

"现在气囊中还剩多少气体？"芬威克先生迅速问道。

"几乎都跑光了。"汤姆回答。

"那我们得立即再造一些气体，我这就去开机器。"

芬威克先生猛冲到气体制造机前。

"没有用的。"汤姆平静地说。

"为什么？"芬威克先生问。

"因为气囊已经装不住气体了，橡胶和丝质的气囊已经被风吹成了碎片。现在的风力甚至比昨天晚上还要猛。"汤姆回答。

"那该怎么办？"戴蒙先生听到后惊恐不安，他紧张不已地问道，"可怜的手指甲！该怎么办？"

汤姆并没有立即回答他。虽然浓厚的乌云遮住了太阳，但这时天已经大亮。汤姆冷静地看着各种仪表和指示器。

"我……我们还有救吗？"芬威克先生默默地问道。

"我想应该有，"汤姆满怀希望地笑了笑，"从机翼毁坏到现在，我们已经下降了610米左右，而且还有610米的下降空间。"

"610米！"戴蒙先生吃惊地说，"我们从这么高的高空落下去，肯定会被摔死的！"

"我觉得不会。"汤姆说。

"可怜的喉咙！怎么做才好？"戴蒙先生几乎失控。

"滑翔下去！"

"可是，就算我们可以滑翔下去，也会掉进大海里！"芬威克先生说，"我们会被淹死的！"

"不会的。"汤姆更加冷静地说，"我们现在处在一个很大的岛屿上空。"他继续说，"我尽力让破损的飞艇飘落到那个岛上去，这是我们唯一的生存机会。"

"我们在岛屿上空！"戴蒙先生喊道，他从艇舱的观察窗往下看去。汤姆没有骗他们，现在他们确实正飞翔在一座大岛屿的上空。此刻，他们刚刚越过岛屿的边缘。

汤姆走到操纵杆和方向舵跟前，准备降落。他将尝试最为困难的空中绝技——驾驶有点失灵的飞艇在飓风中滑翔，降落到一个无名的荒岛上。他能成功吗？

不管答案如何，他都必须尝试，这是唯一可能拯救他们三人生命的选择，虽然成功的概率微乎其微。

失灵的"威泽号"就像折断翅膀的大鸟，快速向下俯冲，掌控他的人是汤姆，"威泽号"好像认识汤姆似的，在他的控制下开始朝地面滑翔。

第十三章

在地震岛上

　　飞艇内三位冒险家的心里五味杂陈。汤姆说话的时候，戴蒙先生和芬威克先生挤到窗前，观察那座他们即将要降落的无名岛屿。现在，他们能从艇舱前面和底下的窗子清楚地看到下面的岛。这是一个狭长而崎岖的岛屿，地处汹涌的海洋中间，暴风掀起的浪花不断拍打海岸。

　　"你能做到吗？"戴蒙先生小声问道。

　　"应该可以。"汤姆沉着地说。

　　"要我关掉发动机吗？"芬威克先生询问道。

　　"当然，你最好关掉吧。我们现在不需要螺旋桨推动，关掉的话更利于飞艇滑翔。"

机器的嗡嗡声和轰鸣声停止了，艇舱内一片死寂，可是外面狂风的呼啸声并没有停止。正如汤姆所料想的一样，关掉螺旋桨之后飞艇变得平稳很多。

汤姆熟练地操控着升降舵和方向舵，飞艇迅速向下滑翔，接着"威泽号"头部朝上摆，开始平行着往前飞去。这是为了减小飞机的俯冲力。飞行家们一般会在飞机降落之前，用这样的方法阻止单翼机或双翼机过快俯冲。

汤姆这样重复了几次，直到他瞥到高度计显示距离地面只有不到 18 米。等飞艇继续飞行一段距离后，汤姆就立即调整到可以减少飞艇俯冲力的姿势。现在，天已经全亮了，他们能够清晰地看到岛屿的地形。

飞艇开始快速下降，操纵起来十分迟钝。这与驾驶他的"蝴蝶号"滑翔降落完全不一样，但是汤姆觉得自己能够成功着陆。此时，他们离地面只有不到 3 米，汤姆试图再一次调高艇舱头部，但是飞艇没有任何反应，他们在空中无能为力。

随着一声巨响，"威泽号"落在了沙滩上。向前滑行了一段距离后，艇舱底部的轮子突然被重力压塌，飞艇发疯似的四处滑行。

飞艇刚一接触地面，汤姆就离开了驾驶区域，不然他很有可能和那些突出的设备发生碰撞。戴蒙先生和芬威克先生早早就采取了措施，他们把能找到的坐垫都找过来，堆在他们三人的身体周围，但是在飞艇坠地的一瞬间，汤姆就被甩到艇舱后面去了。

整个飞艇几乎被撞成了碎片，两侧的支架向外散开，主艇舱的顶部塌了下去，幸运的是艇舱的主框架比较牢固，顶部没有掉下来砸到他们身上。

飞艇的整个底部向上翘起，要是没有那么多坐垫的保护，他们肯定会身负重伤。而现在他们个个摔得鼻青脸肿。

飞艇与地面发生第一次冲撞后，紧接着又发生了第二次碰撞，这时传来轻微的爆炸声，发动机室冒出了大量的火花。

"电气设备掉在地板上了！"汤姆喊道，"快走，泄露的汽油很容易被引燃，我们快出去。戴蒙先生，你还好吗？芬威克先生，你呢？"

"是的，我还好。"芬威克先生说，"天哪，这次坠机太糟糕了！我的飞艇彻底毁了！"

"你应该高兴我们都还活着。"戴蒙先生说，"可怜的关节！我感觉……"

他这一句话还没有说完，飞艇顶部悬着的一块木板突然掉了下来，击中了戴蒙先生的头。

戴蒙先生应声倒进了他身边那堆坐垫中。

"天哪，他死了吗？"芬威克先生喘着气说。

"但愿没有！"汤姆喊道，"无论如何我们得把他先抬出去，这里有可能会发生火灾。"

他们冲到戴蒙先生身边，成功地把他抬了出来。从艇舱中出来并不难，因为艇舱各处都已经撕裂开来，四面八方都敞开着。一到外面，戴蒙先生就苏醒了。

"伤得严重吗？"汤姆摸着戴蒙先生的头问道。

"不，不，我想没有，"戴蒙先生缓缓回答，"我只是被吓蒙了。现在好了，应该没有受伤。"他用手摸了摸自己的头。

"没事，没有破，"汤姆高兴地说，"但是你的脑袋上起了鸵鸟蛋那么大的一个包。你能走路吗？"

"哦，我没事。可怜的星星！真是悲剧啊！"

戴蒙先生看了看飞艇的残骸，真的是惨不忍睹！整个艇舱已经完全扭曲变形，气囊已经被撕成了碎片，主框架已经四分五裂，而艇舱就像是爆炸过后遗留下来的棚屋一样。

"我们能活着出来真是个奇迹啊。"芬威克先生小声说。

"确实如此。"汤姆赞同道。他一边说着一边走过来，手里拿着一个罐头盒，里面装满了海水，准备用来给戴蒙先生擦洗头部。这个罐子是从飞艇残骸上滚落下来的，飞艇现在停在一片广阔的沙滩上。

"风速好像减小了。"戴蒙先生说，他正在用手帕沾着海水擦拭自己的脑袋。

"是啊，飓风正在减弱，可是这种情况出现得太晚了，没帮到我们。"汤姆悲哀地说，"不过，反过来想想，要是风没有吹得那么猛的话，我们就只能降落到海面，而不是停在这片陆地上。"

"是的。"芬威克先生赞同道，他感到自己腿部有些擦伤，"可是，我们现在到底在哪里啊？"

"我也不清楚。"汤姆回答，"这里是一个岛，可是具体是什么岛，具体处在什么位置我也不知道。据我估计，我们已经被风吹出去将近 3200 千米了。"

汤姆围着飞艇残骸转着观察情况，现在他才觉察到自己也受伤了。他感到腿部有些难受，卷起裤子他看到右腿膝盖下面的小腿处有一道很深的伤口，血流不止，他只用手帕包扎了一下就继续行走。

他到处看了看，发现引擎室里几乎所有的机器，包括电子设备全都脱落了，掉在沙滩上。

"看上去都没摔坏，"汤姆沉思着，"可是这些东西对我们已经没有任何用处了。我们肯定不可能在这里重建飞艇。"

他查看完飞艇残骸后就回到了朋友们身边，戴蒙先生几乎没有受什么伤，芬威克先生也只是一些小的擦伤。

"可怜的咖啡杯！"戴蒙先生喊道，"我想说，我饿了。不知道飞艇里还有没有什么能吃的东西？"

"还有很多，"汤姆高兴地说，"我去把它们取出来。我要吃一两个三明治，或许汽油炉子还可以用，我们还能做些熟食。"

就在汤姆去往飞艇残骸的路上，一种奇怪颤抖感让他停住了脚步。刚开始，他以为这是腿上的伤口导致的，但是过了一会儿，他意识到这种奇怪的让人不舒服的震感来自大地——这个岛本身——整个岛都在摇晃，颤动。

他转身往回走去，戴蒙先生和芬威克先生都满脸惊恐地盯着他看。

"这是怎么回事？"芬威克先生问道。

"可怜的喉咙！汤姆，你刚刚感觉到了没有？"戴蒙先生大喊道，"整个大地都在震动！"

确实如此，震动越来越强烈，而且伴随着轰隆隆的声音，就像从远处传来的雷鸣。三位冒险家被前后摇晃得站都站不稳。

突然，他们几个人被剧烈的摇晃掀倒在地。不远处的大地上出现了一道巨大的裂缝，咆哮声、轰鸣声震耳欲聋。

"是地震！地震！"汤姆大喊道，"我们遇到地震了，而且身处震中①位置！"

---

① 震中即震源在地表的投影点。亦称震中位置，指震源在地表水平面上的垂直投影用经、纬度来表示。震中实际上并非一个点，而是一个区域。——译者注

第十四章

露宿野外

轰鸣声和喧闹声持续了大约两分钟。在这期间，他们三人发现自己根本就站不住，脚下的大地在猛烈摇动，令人头晕作呕。在他们不远处，地面被撕开一道巨大的裂缝，汤姆感到十分恐惧，他害怕那条裂缝会朝他们这边伸展延伸开来。

如果这样的话，他们很可能会沉入万丈深渊，或是掉进海底深处。好在裂缝没有继续延伸，也没有加宽，不久之后轰鸣声和呼啸声平息了下来。岛屿重新归于平静，三人站了起来。

"可怜的身体！发生了什么事？"戴蒙先生问道。

"是地震吗，汤姆？"芬威克先生接着问道。

"就是地震。"汤姆回答，"而且是强震，但愿再也不要发生了。"

"你觉得还会出现这样的地震吗？"戴蒙先生询问道，"可怜的钱包！要是这样我得马上离开这里。"

"你能去哪儿？"汤姆问道，他望着远处翻滚奔腾的海洋。大家的心情还没有从飓风中恢复，现在又被地震搅得一团乱。

"那倒是——我们哪里都去不了。"戴蒙先生叹了口气继续说，"我们很不幸，没有选中一个好的降落地点。你觉得还会有地震吗，汤姆？"

"很难说。我不知道我们在哪里，这个岛也许与日本地区的岛屿类似，位于地震多发的板块交界处。刚才发生的或许只是一次余震，之前可能发生过更大的地震。这场飓风都有可能是大地震导致的。"

"照你这样说，这里随时都有可能再次发生地震？"分威克先生接着说。

"是的。"汤姆说。

"那我们就做好防范工作，"戴蒙先生提议，"提前准备好迎接下一次地震。"

"没有什么好准备的。"汤姆说，"我们唯一能做的就是等待下一场地震的来临——要是还会有的话，然后尽我们所能，看能做些什么。"

"哦，天哪！可怜的指甲！"戴蒙先生叉着双手大喊道，"这简直比坐在飞艇上急速下坠还要糟糕，那种情况下还有可能生还，而在这里我们只能等死。"

"或许也没那么糟。"汤姆安抚他说，"这样的大地震百年难遇，所以再次发生的可能性很小。"

可是，在汤姆仔细观察了这个岛之后，他发现这座岛有火山活动的痕迹，他开始担忧起来，因为他知道，这种岛屿是由于地壳的隆起而突然形成的，因此有可能被突如其来的地震瞬间毁掉，甚至沉入海洋深处。汤姆想到这里就不寒而栗，现在就好比居住在矿井里，随时都有可能遇到瓦斯①爆炸。可是此时此刻，他们只能听天由命。

"先不要考虑那么多，"过了一会儿，汤姆建议道，"我们先去弄点东西来吃吧，我的胃口可是一点也没受到地震影响。"

"我的也没有。"戴蒙先生说，"不过，当时的情景还是在我脑中挥之不去，这是我第一次遇到地震。"

戴蒙先生看着汤姆又一次走向飞艇残骸，他注意到汤姆走路时一瘸一拐的。但他并不知道汤姆的右腿在飞艇坠地的时候割伤了。

"你怎么了，汤姆？是不是在地震中受伤了？"戴蒙先生问道。

---

① 瓦斯是古代植物在堆积成煤的初期，其纤维素和有机质经厌氧菌的作用分解而成的无色、无味的气体。当其达到一定浓度时，可使人因缺氧而窒息，并能发生燃烧或爆炸。——译者注

"没……没有。"汤姆急忙回答，"只是在飞艇着地时擦破了点皮，没什么大碍，不必担心。你能不能和芬威克先生去飞艇储藏室取一些吃的东西，我去把汽油炉子搬出来，或许我们还能煮些咖啡来喝。"

说着汤姆就钻到飞艇残骸中去搬汽油炉子，炉子虽然坏了，但是5个灶头中还有2个可以用。飞艇上的汽油和水都是装在钢铁箱中的，一些水箱在飞艇坠地时裂开了，现在只剩下一箱水和三箱汽油，由此看来燃料还是比较充足的。至于淡水，汤姆希望能在岛上找到可以饮用的泉水。

与此同时，戴蒙先生和芬威克先生检查了一遍整个储藏室，发现还有好多食物可以吃，这些食物足够他们吃两周了。"威泽号"的主人庆幸当初他们在飞艇上存放了这么多吃的。

"不过，如果我们得在这里待一段时间的话，这些吃的刚好能派上用场。"汤姆看了看笑着说。

"什么？你是说我们要在这待很久吗？"戴蒙先生问道。

汤姆耸了耸肩。

"我说不准。"他说，"如果恰好有轮船路过并且看到我们，那我们有可能很快就离开这里。如果没有的话，那我们就有可能在这里待上一周，或者……"汤姆还没有说完，就听到有什么动静。

又是一阵震耳欲聋的轰隆声，大地又开始震动起来。紧接着，离他们400米左右的地方，一处高耸崎岖的峭壁上，一大块石头掉进海里，海水飞溅。

"我猜又一场地震开始了。"戴蒙先生轻松地说。

"我也是这么想的。"芬威克先生赞同道。

"很明显那块石头就是被地震震松，然后才掉进了海里的。"汤姆说。

一阵惊恐过后，他们开始准备早餐。之前，汤姆从飞艇的厨房中捡来了一个烧水锅和一个咖啡壶，很快在汽油炉子上烧了一壶开水。不一会儿，空气中就弥漫着咖啡的香气，随后，空气中飘满了熏肉和煎蛋的香味。芬威克先生很喜欢吃煎蛋，因此他带了很多蛋，而且用大量的木屑固定保护着，飞艇坠落时只有少数几个被打碎了。

"这顿早餐真不错。"戴蒙先生说，他正嚼着熏肉和煎蛋，在咖啡中泡着压缩饼干，"我们能在这里吃到饭真是太幸运了。"

"确实如此。"芬威克先生说。

"这次飞艇失事我十分抱歉，"汤姆说，"这都是我的错。我应该在我们还没飞到海上之前就掉头的，那时风力还没有到达顶峰。我以为风力会减弱，可谁知突然就转变为飓风。可怜的'威泽号'都成一堆废墟了！"

"别再难过了，"芬威克先生说，"我造的飞艇能飞起来，我就已经很知足了。我也意识到了很多不足的地方，等一回到费城，我就着手造一架更好的。汤姆，你到时候可要帮我啊。"

"当然没问题。"汤姆向他保证。

"那我还要跟你一起航行！"戴蒙先生大声说，"可怜的茶勺！汤姆，再帮我递一份熏肉和煎蛋吧！"

听到这个古怪男人的话，他们两个人都笑了。戴蒙先生自己也跟着笑了起来，三人的心情都好多了。

他们各自找了一块破木板当凳子，围坐在汤姆支在沙滩上的汽油炉子周围。风彻底停了，但是海上的巨浪依然起伏澎湃，海浪拍打着海岸。

他们不知道确切的时间，因为他们几个人的手表在这次坠机中都停止了，但是太阳从乌云中探出了头，根据他们开始降落的时间，他们推算出现在是 10 点左右，并以此设定了手表上的时间。

饱餐了一顿之后，汤姆开始收拾餐具，这些餐具也是他们从飞艇残骸上捡来的。汤姆突然说："对了，我们得准备晚上睡觉的地方了，我们可以用艇舱的支架和机翼上的帆布搭建一个临时避难所。这里的气候很温暖，我们一定是在偏南的地方，因此不必把棚子搭建得太厚。"

天气十分暖和，现在暴风也停了，岛上的植物几乎都属于热带植物。

"我们很有可能在西印度群岛的某个小岛上，"汤姆说，"我们已经走出了很远，每小时飞行 160 千米，足够到达这里了。这个岛上看上去没有人居住。"

"我们还没检查整个小岛呢，"戴蒙先生说，"说不定岛的另一边还住有食人族。"

"这种地区不可能存在食人族。"汤姆安慰他说，"我觉得这只是一个无名小岛，风暴把我们带到这里已经是对我们的仁慈了，换作其他人，或许还会落在更糟的地方。"

说到这里时，汤姆突然想到了"坚定号"游艇，他想知道游艇上的乘客，包括尼斯特小姐的父母，在这场风暴中会有怎样的遭遇。

"但愿他们的游艇不会像我们的飞艇一样被肢解。"汤姆沉思。

但是他没有太多的时间胡思乱想。他们要想搭建一个临时住所，得赶紧开始行动。于是，带着一种对大自然的感激之情，他们着手开始工作，飞艇的残骸为他们提供了唾手可得的材料。

他们把四处散落的木板、支架、机翼上的帆布，以及飞艇上的一些残余材料收集起来，很快就搭建起一个简陋的小屋。

接着，他们把食物、日常用品、自己的衣物还有其他一些东西都拿了出来，只有少量物品在飞艇坠毁中坏掉了。他们专门搭建了一个比较粗糙的棚子，用来存放这些东西。

现在已经是下午3点，他们又吃了一顿饭。为了晚上能在这个简陋的帐篷里睡个好觉，他们收集了一些碎木柴，用来生火。吃过用汽油炉子做的晚饭，他们坐在火堆旁，开始探讨这次冒险。

　　"明天我们就去岛上探索一番。"汤姆说，他把自己裹进毯子里就转身睡去了。戴蒙行生和芬威克先生也很快睡着了。接下来的几个小时十分平静。

　　大约到了午夜时分，汤姆突然被惊醒，他感觉有人在摇他。他立马坐起来问道："怎么回事？"

　　"啊？怎么了？可怜的灵魂！发生什么事了？"戴蒙先生呐喊道。

　　"你刚才摇我了吗？"汤姆问。

　　"我？没有，为什么这么说？"

　　接着他们意识到那又是一次地震，整个岛屿都在颤抖。

　　汤姆立即从毯子中跳了起来，戴蒙先生和芬威克先生也起来了，他们迅速冲到棚子外面。他们感觉到了大地在震动，但是只持续了几秒钟。这次震动非常轻微，不像早上那次地震那么剧烈。可是这也足以令他们紧张不安。

　　"又是地震！"戴蒙先生抱怨道，"这里多久发生一次地震？"

　　"不知道。"汤姆冷静地回答。

　　后半夜，他们裹着毯子睡在火堆旁的沙地上，他们担心再有地震的话会把棚子震塌。然而，后半夜什么事也没有发生。

第十五章

另一批幸存者

早晨，升起的太阳照醒了他们。

"不论怎样，至少我们都还活着。"汤姆说。这一天天气很好，海面上翻腾的海水经过一个夜晚后平息了不少，他们的棚子在晚上的地震中没有受损。

他们身上的擦伤、肿块及汤姆腿上的割伤也都好多了。

"你腿上的伤口很深，是吗？"芬威克先生看到汤姆的腿时说，"最好抹点药，飞艇上有消炎药和绷带，我帮你去那里找找看。"

"我自己去找吧，先吃早饭。"汤姆说。接下来，他们吃了一顿相当丰盛的早餐。

清洗完餐具以后，他们坐下来开始闲谈，戴蒙先生问："我们今天应该做些什么呢？"

"我觉得应该建一座更好的屋子，"芬威克先生提议，"我们可能要在这待上一段时间，我想建一座坚固厚实的房子。"

"我还想把这个棚子改得更简陋一些。"汤姆说。

"为什么？"

"因为这里地震频发，厚重的屋子一旦倒塌会造成很大的伤害。

"是啊，"戴蒙先生赞同道，"在地震多发的国家和地区，房屋普遍都盖得比较低，而且选取的材料也比较轻。"

"啊！我想起来了，"芬威克先生说，"以前地理学过，可是从没想过今天竟然能够用到。我们还会再遇上地震吗？"

"恐怕会的。"汤姆回答，"我们在这么短的时间内就经历了三场地震，但愿我们不要再遇到了，可是……"

他没有把话说完，但其他两个人明白他的意思。他们很快就建了一个更轻便的房子，这座简陋的小屋不仅可以为他们遮风避雨，而且在他们睡觉的时候即使发生地震，房子倒塌下来也不会有什么危险。

搭建这样的一所房屋很有必要，因为这里晚上有露水，就算裹着毯子，点上篝火，围着火堆在沙滩上睡觉也很不舒服。

搭好棚屋后他们吃了一顿午餐。飞艇上储存的食物很多，足够他们吃上好一阵子，他们尽可能地变着花样吃。

"下午我们去岛上探索一下，怎么样？"吃完午饭后，汤姆说，"我们应该去看看我们所在的这个岛是个什么样子。"

"我也去。"芬威克先生说，"也许在岛的另一面我们能看到过往的船只。这一面海域连一艘船的影子都没看到。"

"好吧，那我们就去探险，看看这到底是一座什么岛。"汤姆继续说。

"而且要看看这儿有没有土著人——或者是食人族。"戴蒙先生说，"可怜的平底锅！我可不想被食人族捉住。"

"别担心，这里没有食人族。"汤姆再一次向他保证。

岛上的探索开始了，他们一致认为先绕着周围的沙滩走一圈，因为外面相对好走一些，而岛中间的路很崎岖。

"我们先绕着这个岛走一圈，"汤姆提议，"然后，要是没发现什么东西就再进到里面去看看。岛的中心地带地势很高，站到那块高地上就可以看到海面上各个方向的情况，也可以在那里给过往船只发出求救信号。"

"但愿如此！"戴蒙先生喊道，"我想给家里发个消息，告诉他们我一切都好。要是我妻子听到我坐的飞艇消失后，肯定会很担心。"

"我们都想给家里发消息报平安，"芬威克先生接着说，"我的妻子一点都不支持我造这架飞艇，而现在这架飞艇却坠毁了。等我回到费城她肯定会说'我早都跟你说过了'。"

汤姆什么都没说，但是他心里明白，还得等很长时间，芬威克先生才有可能听到这句话。

他们沿着沙滩走了几千米远。这个小岛要比他们想象中的大很多。他们很快就发现，要想沿着岛的外围走一圈，至少得花一整天的时间。

"出来的时候真应该带上午饭。"汤姆说，"我们最好还是原路返回，明天做好长途跋涉的准备后再来探险吧。"

芬威克先生同意了，可是戴蒙先生却说："我们翻过前面那个悬崖，看看那边有什么，然后再回去吧。"

他的提议得到了同伴的支持。他们走了还不到 100 米，一阵轰隆隆的咆哮声就传来了，大地又开始剧烈地颤抖摇晃。

"又是地震！"汤姆蹲下身子喊道。戴蒙先生和芬威克先生摔倒在海滩上。咆哮声不断加剧，雷鸣般的轰隆声离他们越来越近，整个岛屿似乎都在震动。

突然，他们面前的悬崖似乎被震松了，巨大的岩石块不断掉入海水中。不一会儿，岛屿就停止了震动，轰鸣声也消失了。汤姆站直了身体，他的两个朋友也站了起来。他朝那面绝壁的方向望去，看到了之前隐藏在绝壁后面的情况。

眼前的景象让汤姆吃惊地大喊出来——悬崖那边的沙滩上聚集着一群人，有男有女，还有一个小火堆。有些人由于惊恐相互依偎着，有些人躺在沙滩上，还有些人慌张地跑来跑去。

"另一批幸存者！"汤姆又惊又喜，"还有其他幸存者，"他吸了一口气接着说，"地震岛上还有其他幸存者！"

第十六章

恐怖的推论

汤姆说完之后，戴蒙先生和芬威克先生一时都没有反应过来。他们刚刚在地震中被晃倒了，才从沙滩上站起身来。现在，他们正盯着那些不幸的幸存者，而那群人也看到了这边的三人。悬崖上的石头掉进海里，激起大朵大朵的浪花，巨大的波浪涌上海滩。

"是不是……难道……我在做梦？"戴蒙先生喘着气说。

"这是幻觉，还是我们真的看到了人，汤姆？"芬威克先生问道。

"他们确实是人。"汤姆回答。他也对眼前的情景感到茫然，万万没想到能够遇到其他幸存者。

"可是怎么……为什么……他们是怎么到这来的？"芬威克先生接着问道。

"只要他们不是食人族，我们就没事。"戴蒙先生小声说，"他们看起来是和我们一样的人，汤姆。"

"是的。"汤姆赞同道，"而且他们好像和我们一样，遭遇了同样的不幸，我们过去看看吧，和他们打个招呼。"

现在大地的震动已经平息了，那些人正聚集在用碎木点燃的篝火旁。有几个人看到他们三人后，开始朝这边走过来。

"只有9个人，"汤姆数了数那一群人，自言自语地说，"难道只幸存下来这么几个，也不知道他们当时乘坐的是什么。"那边的海滩光秃秃的，只有一艘小船停在沙滩上。

"你觉得他们会是飞艇失事后的幸存者吗，汤姆？"芬威克先生问道。

"不像是飞艇，"年轻人回答，"他们有可能乘坐的是轮船，被飓风吹到这里的。我们过去一问就知道了。"

汤姆在前面带路，峭壁上的石块落下去之后，在沙滩上形成了一条崎岖的通道。他们越过石头，朝那群人走去。汤姆不顾腿上的伤痛，快步从乱石堆上爬过去，他很想知道那些遇险者都是什么人，他们是怎么到这里来的。汤姆发现那9个人中，2个是女的，7个是男的。

当他清楚地看到其中一位女士和他旁边的男士时，汤姆难以控制自己的情绪，惊讶地喊出声来。他揉了揉眼睛，没错，他的第一直觉是正确的。

"尼斯特先生!"汤姆认出了他心爱女孩的父亲,激动地喊道,"尼斯特夫人!"他接着喊道。

"哎呀,真没想到!看!阿莫斯!不可能!天哪,是汤姆·史威夫特!"尼斯特夫人兴奋不已。

"汤……汤姆·史威夫特……在这里?"她旁边的男士几乎不敢相信这个事实。

"是啊!汤姆·史威夫特——夏普顿镇上的那个……你不记得了吗?抓住那匹脱缰的马,救了玛丽性命的那个小伙子——汤姆·史威夫特!"

"汤姆·史威夫特!"尼斯特先生说,"怎么可能!"

"确实有可能,我就是汤姆·史威夫特,"汤姆回答,"可是,你们怎么到这个岛上来了,尼斯特先生?"

"我也要问你同样的问题呢,汤姆。我们受乔治·霍斯布鲁克先生的邀请,乘坐'坚定号'游艇到西印度群岛旅游,遇到了可怕的飓风,游艇失事了。我们划着救生船来到了这个岛上,游艇沉入了大海,我们只带了一点吃的。大家都快饿死了!可是你是怎么到这里的?"

"芬威克先生的飞艇失事了,我们被迫降落在这个岛上,多么巧啊!很难想象我们竟然能够在这里相遇!我们的飞艇虽然坠毁了,可我们有很多吃的。到我们的营地那边去吧,我们可以提供你们需要的东西!"

汤姆冲到前面去和尼斯特小姐的父母握手，真是难以预料他们能在这个岛上相见。尼斯特先生喊道："霍斯布鲁克先生，到这边来，我要向你介绍一位朋友！"

过了一会儿，那个百万富翁，同时也是倒霉的"坚定号"的主人，来到了汤姆跟前，和他握手。

"真是难以想象，"霍斯布鲁克先生说，"竟然能在这个荒岛——地震不断的岛上见到其他人。"

"哦，请别再提地震了！"尼斯特夫人无比感叹，"这个地方太可怕了！自从我们前天遇到风暴流浪到这个岛上，这里已经发生了好几次地震。太恐怖了！这简直是一座地震岛！"

"我也是这么称呼这个岛的。"汤姆平静地说。

其他人也都走了过来，除了尼斯特夫妇和霍斯布鲁克先生，分别是弗洛伊德·安德森夫妇，他们也是霍斯布鲁克先生的朋友；拉尔夫·帕克先生，据称是一位科学家；巴克·詹克斯先生，看起来是个很古怪的人，经常疑神疑鬼地四处观看；曼托船长，主要负责指挥"坚定号"；杰克·福特汉姆，"坚定号"的大副。

"游艇上的所有人都在这里吗？"汤姆问道。他向大家介绍了他的两个朋友，并向他们简要介绍了他们的这次航空旅行。

"不，"霍斯布鲁克先生回答，"还有两艘救生船，一艘载着大部分的船员，另一艘坐着我一些乘客，他们比我们走得早。我猜他们一定已经得救了，但是到目前为止我还没得到他们的消息。然而，要是这里一直持续地震的话，我们自己也不安全。"

"史威夫特先生，我刚刚听你说你们那里有吃的？"他继续说，"要是你们有的话，能不能给我们分一些，出多少钱我都愿意，尤其是那两位女士，她们都快饿晕了。虽然现在我身无分文，可是只要一回到城市，我就会……"

"别再说什么钱不钱的，"芬威克先生打断了他的话，"我们很乐意把所有的东西和大家分享。快到我们的营地那里去，我们的食物够大家所有人吃个饱，我们还能在汽油炉子上做熟食。我再说一遍，别再提什么给钱的事了。"

"嗯，要是霍斯布鲁克先生没有钱，我可以给你们等价的东西作为补偿，"那位名叫巴克·詹克斯的人说道，"我有……呃……一些股票……"他停了下来，疑神疑鬼地看看四周，好像不知道该说什么了，他用手摸索着腰带，好像腰带里头有宝贝似的。

"也不要提股票的事，不用偿还我们。"芬威克先生接着说，并可疑地看着詹克斯先生，"我们所有的东西你们都可以用。"

"可怜的头饰，他说得对，你们尽管用！"戴蒙先生急忙说。

"哦，我……呃……就当我什么都没说，"詹克斯先生犹豫地说，然后就转身离开了。霍斯布鲁克先生用锐利的目光盯着他看了看，没有说什么。

"那么大家就跟我们走吧，"汤姆提议，"在另一场地震到来之前，我们可以为大家做一顿可口的饭菜。"

"我很好奇，是什么原因导致了这么多的地震？"尼斯特夫人紧张不安地颤抖着说。

"是啊，这确实很可怕！谁都不知道什么时候会有下一场。"安德森夫人接着说。

"我想到了一个合理的推论，"那位叫帕克的科学家说，到现在为止他还没怎么说话。

"推论？"汤姆问道。

"是的。这座岛屿是西印度群岛中的一座小岛。在我看来这是一座无名的岛屿，我相信很少有人来这里。但是我敢肯定，这里地震频发的原因是岛屿的根部正在被海水吞噬，正是由于下层的海浪不断冲刷小岛的根部，才导致了地面的震动。"

"被海水吞噬？"汤姆重复道。

"是的，岛屿的下面部分被海水渐渐地冲刷掉了。"

"可怜的灵魂！冲刷掉了！"戴蒙先生低沉地说。

"而且照这样下去，等不了多长时间，这座岛屿就有可能沉入海底。"帕克补充道。

"沉入海底！"尼斯特夫人突然大声说，"整个岛都在被海水啃噬！多么可怕的推论！"

"我也不想有这样的推论，夫人。"帕克先生回应道，"可是不行啊。我认为再发生几次地震，这座岛屿就会沉下去。"

"到那时，我的……"巴克·詹克斯开口说，可是他又充满疑惑地停住了，他再次用手摸索着他的腰带，动作很奇怪。

第十七章

可怕的巨响

汤姆转过身盯着巴克·詹克斯，这个人的行为确实很可疑，有可能是由于地震的恐惧引起的，可是他好像在极力掩饰着什么，他行为拘束，十分不安。詹克斯看到汤姆在看他，他摸索腰带的手突然停了下来，放到了另一边。

"帕克，你说你认为整个岛屿都在被海水啃噬，不会是真的吧？"霍斯布鲁克先生问道。

"那是我的推论。虽然有可能是错的，可这也是基于我们正在面对的事实得出的结论。我对我们的生命安全十分担忧！"

"可是我们该怎么办呢？"尼斯特夫人担忧地问道。

"等着，"帕克耸耸肩回答，"我们无能为力，只能等着岛屿沉入大海的时刻到来。"

"别这么说！"安德森夫人乞求道，"你们就不能做些什么吗？比如，造一条船带我们离开这里。哎呀，我们原来的那条船……"

"撞上了礁石，底部破了一个大洞，就像一只桶那么大的洞。"曼托船长打断她的话，"我不可能再乘那样的船入海。"

"可是我们就没其他办法了吗？"尼斯特夫人问道，"哎，想到可能会死在这座恐怖的地震岛上，真是太可怕了。玛丽一个人在家呢！你最近见过她吗，汤姆？"

汤姆告诉她尼斯特小姐的近况。汤姆都快绝望了，不仅仅是为自己，更多的是为这些不幸的妇女感到难过——其中一位还是玛丽的母亲！可是他该怎么办呢？他们还有机会逃出这座地震岛吗？

"可怜的喉咙！"戴蒙先生喊道，"大家别站在这里瞎操心了！要是你们还想吃饭，就去我们的营地那里吧。我们有很多吃的，吃完饭我们再商量怎么自救。"

"我不想死！"巴克·詹克斯喊道，"我必须活着！我有一个秘密……一个秘密……"

他再一次面带疑惑地停了下来，再一次用他的手紧张地摸索着腰带。

"谁要是救了我，我会给他很大的回报。"他激动地说。

"当然了，我们都愿意。"曼托船长接着说，"可是希望渺茫，这座岛屿附近根本没有航线，几乎不会有船只经过。"

"不管以后怎样，现在我想知道我们到底在哪里？"芬威克先生问道，"这座岛到底是什么岛？"

"在我看来，这座岛在地图上就没有标出来。"船长回答，"不过我们叫它地震岛是最合适不过的了。"

他们边说边往前走，这会儿已经走过了垮塌的峭壁。汤姆和他的两个朋友在前面带路，在路上，霍斯布鲁克先生向他们详细讲述了他们的游艇遭遇风暴及他们逃离的过程。最后，那艘华丽的游艇还是沉入了海底，他们侥幸地划小船逃了出来，可是没有想到竟然到了这座岛上。

"而且，我们登上这座岛后没有吃的，"尼斯特夫人说，"我们也没有地方休息，真是太可怕了。当然，还有这里的地震！我的丈夫和我都很担心玛丽。哦，汤姆！你觉得我们还可能再见到她吗？"

"我也不知道，"汤姆温和地说，"我会尽我所能帮大家离开这里的。也许我们可以造一只木筏划出去。要是那位科学家的推论正确的话，我们待在这里，不知道还会发生什么。前面就是我们的营地了，你们在那里会稍微舒服点。"

过了不久，大家就到了汤姆他们搭建的棚屋里。飞艇残骸引发了大家的兴趣，他们围着飞艇看了又看。两位妇女则吃饭前在他们搭的临时庇护所休息了一阵。

汤姆、戴蒙先生和"坚定号"的大副福特汉姆一起为大家准备饭菜。好在芬威克先生带了充足的食物。

晚饭大家都吃得很好，吃饭过程中谁都没有说话。游艇上的幸存者都饿极了。

随着他们人数的增多，汤姆意识到准备更多饮用水的必要性。天还没有完全黑，在汤姆的提议下，曼托船长带着几个人借着微弱的光线去寻找淡水泉，他们找到了一处泉水，可以保证充足的淡水供应。

这里有足够的材料可以再搭一个棚子，他们很快就动手建造起来。他们建了几个很轻的棚屋，就像他们之前建的一样，以免发生地震的时候被倒塌的房屋伤到。他们把最大的棚屋让给两位女士住，其他人分别住进了剩下的两个匆忙搭建的小棚子中。他们从飞艇残骸中把剩余的食物和可用物品全找了出来。当夜幕来临时，棚屋中却温暖舒适，篝火旺盛地燃烧着，照得周围通亮。

"哎，要是我们在睡觉的时候不会被地震惊醒该多好啊！"尼斯特夫人说，这时她和安德森夫人正走进她们的棚子，准备睡觉，"可是我现在一闭上眼睛就害怕！"

"要是我能预测下一次地震什么时候发生，我宁愿一直守在这里不睡觉。等它快到来时我就提前通知你，我愿意这么做。"汤姆笑着说，"可是，地震的到来是毫无征兆的。"

然而，这天夜晚很平静。第二天早上，他们重新获得了勇气。吃过早饭之后，他们开始冷静地分析现在的处境。

"在我看来我们唯一的出路就是造一些木筏之类的工具，或其他什么东西带我们离开这里。"芬威克先生说。

"可怜的梳子！"戴蒙先生喊道，"我们为什么不发出遇险信号，提醒过往的船只，让他们来救我们呢？在我看来这比划木筏越过海洋简单多了，我不喜欢那个建议。"

"要是这座岛屿处在轮船航行的航线上，那么发出求救信号就没有问题。"曼托船长说，"可是这座岛不在航线上。我们的旗子可能飘一年都没有人看到。"

他的话语冷酷地打击着每个人。汤姆正在盯着飞艇的残骸看，他突然发出一声惊叫，从地上跳了起来。

"怎么了？"芬威克先生问道，"你腿上的伤口又疼了吗？"

"不是，我刚刚想到一个计划！"汤姆几乎喊了出来，"我有办法了，就是不知道能不能行得通！"

"什么计划？"戴蒙先生喊道。

汤姆还没来得及回答，就在这时，从岛屿最深处传来了可怕的巨响，伴随着地面狂烈的震动、摇晃，这些幸存者之前待过的地方猛然塌陷了。

"又是地震！"尼斯特夫人尖叫着。幸存者们惊恐地互相张望着。

突然，他们看到塌陷的地方瞬间消失在奔腾的海浪中，地面被侵袭的巨大回声传到了他们耳中。

第十八章

詹克斯先生有钻石

幸存者们被岛屿突如其来的可怕塌陷吓得目瞪口呆，几乎无法动弹。由于过度惊吓，他们只能安静地面面相觑。

岛屿那边陷下去之后，大量石头和泥沙沉入海底，海水中激起了无比巨大的海浪。

"大家注意安全！"汤姆大叫道，"可能会出现巨浪！"

听到他的喊声，其他人迅速冲出海滩，向海浪冲击不到的地方跑去。巨浪真的来了。他们刚刚要是站在原地不动，肯定会被海浪吞进海里去。

洪流冲刷到了飞艇残骸处，冲走了好多烂木板。不过，这次海水冲击之后，海面平静了许多，他们暂时逃脱了水患。

事实上，每次地震都伴随着大地剧烈颤动和摇晃，现在他们都已经习惯了，只有两位女士会惊慌地喊叫，而巴克·詹克斯先生总是紧张地摸着腰带。

"我猜最糟糕的时候已经过去了，"芬威克先生说，"在撕下这么大一片土地和岩石后，地震强度一定会有所减弱。"

"但愿如此。"霍斯布鲁克先生严肃地说，"哎，我们要是能离开这个鬼地方该多好啊！我们必须在岛上竖起遇难的标志，一些偏离航线的船只有可能看到我们。曼托船长，你和福特汉姆先生去做这件事吧。"

"好的，先生。"倒霉的"坚定号"船长说，"我们立刻就去竖立遇难标志。福特汉姆，跟我来。"他转身对大副说。

"要是你不介意的话，"汤姆说道，"我想让你先帮我把飞艇残骸搬到海浪冲不到的地方。刚才，海浪差点就把它给淹没了，要是再有大浪会把它冲到海里去的。"

"我觉得它被冲进海里也没关系啊，"詹克斯先生说，"如果我们要造船或者造其他离开这里的工具，这架飞艇的残骸对我们来说一点用都没有。"

"在我们离开这之前，这些东西绝对用得上。"汤姆十分肯定地说。戴蒙先生好奇地看着汤姆，他似乎有什么问题想问汤姆。这时，地震平息了，岛上的幸存者们都冷静了下来。

汤姆走到飞艇残骸那里，翻开一些破碎的木板，准备把那些电动器械搬出来。

很快,这里所有的男人都开始帮他将那些电动器械搬出来,挪到小岛中间去。

"你要用这些东西做什么,汤姆?"戴蒙先生小声问道。他正在帮汤姆抬一台小型发电机,这是用来给白炽灯泡发电的。

"我还不能确定。我心中只是有一个大概的想法,也许能够成功。我还没仔细看过这些器械,还不知道有没有我所需要的东西,所以我还不想跟别人说。请你不要告诉其他人。"

"可怜的牙签!我当然不会说出去。"戴蒙先生保证道。

当他们把飞艇上所有的器械都搬完之后,尼斯特夫人喊道:"嗨,既然你们已经把那些东西移到安全的地方了,那你们觉得要不要把棚屋也挪个地方?想到这块地方也可能在晚上的什么时候突然沉入下去,把我们都卷到海里去,我都不敢闭上眼睛。汤姆,我们能把棚屋挪个地方吗?"

"我们没理由不这样做。"汤姆笑着说,"我觉得我们最好把帐篷往岛内挪一下,我们可能还要在这里待一段时间呢。既然你提到了,那我们就建一些更好更舒适的棚屋。"

考虑到频发的地震,他们挑选了一个相对安全且地势高一点的地方,那里附近没有悬崖峭壁。

他们建了三间棚屋,一间给两位女士住,一间给男士住,剩下一间屋子用来当厨房。

搬完机械部件之后,曼托船长和福特汉姆大副跑到岛上最高的地方,他们用救生船上剩下的碎帆布做了个遇难呼救的标记。他们把之前那艘小救生船抬到了新建的棚屋附近，把船上的木板拆下来搭棚屋了。

这些工作整整花了他们两天时间，好在这两天没有发生地震。安德森夫人和尼斯特夫人承担了"家务活"和做饭的工作，这使得汤姆可以抽出时间做其他事。

接下来几天，汤姆都待在他从飞艇上拿出来的器械跟前。他仔细地检查、测试那些仪器，在纸上做着运算。看起来，他好像非常高兴地在做某件事情。一天下午，当他正在从"威泽号"上取一些绳索和电线时，詹克斯先生朝他走了过来。

"你在研制什么新东西吗？"詹克斯先生强颜欢笑地问道，可是没笑出来。这个人令人很好奇，他好像掩藏着什么不为人知的秘密。

"哦，也不能算是新东西。"汤姆回答，"事实上我只是在尝试一项实验罢了。"

"实验？"詹克斯先生又说，"我能问一问，你这实验能把我们从这个岛上救出去吗？"

"但愿可以。"汤姆严肃地说。

"太好了！"詹克斯先生大叫道，"我有一个请求。我猜想你一定不是很富有吧，汤姆先生？"他充满期待地看着汤姆。

"我也不穷。"汤姆骄傲地回答，"当然我也想挣更多的钱——通过正当合法的途径。"

"我明白，大多数人都这么想。看这里！"

他走近汤姆，把手伸进口袋，掏出什么东西，摊开手。他手中托着一些形状不规则的东西——看起来像是石头或是什么晶体之类的东西，但又不像是一般的石头或晶体。

"你知道这些是什么吗？"詹克斯先生问道。

"大概能猜到。"汤姆回答。

"这些是钻石！还没有切割的优质钻石。现在说正事，我有价值50万美元的这样的钻石，只要你能带我安全离开这里，我可以加工出价值25万美元的钻石给你！"

"加工出25万美元的钻石？"汤姆问道，他听到"加工"这个词很是惊讶。

"对，就是'加工'。"詹克斯先生回答，"就是说只要我能发现那个秘密——幽灵山的秘密。你带我离开这里，我就告诉你我所知道的……我需要帮助……帮助我发觉这个秘密，然后造出钻石……看到了吗，这些是第一批造出来的钻石，可是我被骗走了认股权①……我需要像你这样的年轻人帮助。你能帮我吗？"

汤姆还没来得及回答，大地便隆隆作响，一条大裂缝几乎是在詹克斯先生的脚下裂开。詹克斯先生惊恐地大叫着，纵身一跃跳到汤姆身边。

————————————

① 认股权又称股票期权、经理股票期权，是指公司授予员工以一定的价格在将来某一时期购买一定数量公司股票的选择权。认股权一般授予公司的高级管理人员或对公司有重大贡献的员工。——译者注

第十九章

秘密工作

　　"帮我保护这些仪器！"汤姆喊道，他最先想到的就是这些电子设备，"别让它们掉下去！"

　　裂缝越来越宽，快延伸到放仪器的地方了。

　　"这些仪器？我为什么要管这些仪器？"詹克斯先生声嘶力竭，"我只关心我们的生命安全！"

　　"这些仪器是我们生存的唯一希望！"汤姆反驳道。他赶忙拽住那沉重的发电机和汽油引擎，但他不用费劲了，因为突然之间那条裂缝又合拢了。这都是震动造成的，这次地震好像很满意它所看到的现象，就突然停止了，整个岛也不再颤动。

　　"是场小地震。"汤姆松了口气说。现在，他已经习惯了大地震动。当看到自己心爱的设备没有被损坏时，他平静了好多。

"小地震！"詹克斯先生喊道，"好吧，我可不这么想。不过我看到曼托船长和霍斯布鲁克先生过来了。请别跟他们提起有关钻石的事，我以后再来找你。"说完这些之后，古怪的詹克斯先生就走开了。

"我们过来看看你有没有受伤。"曼托船长走近汤姆喊道。

"没有，我很好。其他人没事吧？"

"只是受到一点惊吓，"霍斯布鲁克先生说，"这里越来越恐怖了。要是没有地震就好了，可是这里的地震一直不断。"

"我也猜到它会不停发生，"汤姆接着说，"我们真的是处于一个地震岛上！"

"那位科学家帕克先生说刚才这次地震证实了他的推论。"霍斯布鲁克先生继续说，"他说只要再过几天时间，整座岛屿就会消失。"

"至少我们还能活几天，真是令人欣慰。"汤姆说道。

"我也是这样想的。不过，汤姆，你在这里做什么呢？"

"我在试图完成一个实验。"汤姆含糊不清地回答。他还没准备好说出他的计划。

"我们得认真地想想看，该怎样造一些船只之类的工具带我们离开这座岛。"霍斯布鲁克先生继续说，"虽然我们自己造船出海比较冒险，可是待在这座岛上也很危险。我不知道该怎么办了。"

"也许曼托船长有好的计划。"汤姆建议道,试图转移话题。

"没有,"船长回答,"我不得不承认我头脑一片空白,不知道该怎么办。这里什么有用的东西都没有,这就是问题所在!不过,我也想到过,在岛上其他地方再竖起一个求救信号标志,以免人们看不到我们的第一个标志。我只能想到这些了。"说着他就离开了,去做另一个标志。

"好吧,我先回去了。汤姆,我去告诉其他人你没事。"霍斯布鲁克先生说,"地震过后,尼斯特夫人很担心你,我就过来看看。"现在,放飞艇设备的地方离他们搭的棚屋有一段距离,而且从他们住的地方看不到这里。

"哦,好的,我没事。"汤姆说。然后,他突然问道:"霍斯布鲁克先生,你了解詹克斯先生吗?"

"不太了解。"他回答,"事实上,可以说我一点都不了解他。怎么问起这些?"

"因为我感觉他的行为举止非常古怪。"

"我们大家都这么认为。"游艇的主人说,"尽管他是'坚定号'上的乘客,可是他不是我的朋友。这么说吧,我邀请我的朋友盖瑞特·杰克逊先生跟我一起去旅游,他请求我带上他的这位名叫詹克斯的朋友。我答应了,然后盖瑞特先生就和这位詹克斯先生一起上了船。在我们要起航的时候,盖瑞特先生接到一份电报要他去加拿大,他就不能参与这次旅行了。可是,詹克斯先生似乎对于不能出海航行感到十分难过,而且他非常喜欢海水。看到这些，尽管他不是我的朋友，我就让他留在船上了。在我们大家看来，他确实有点古怪。"

"我明白了。"汤姆说。

"他又做出了什么奇异的举动吗？"霍斯布鲁克先生疑惑地问。

"不是，只是他特别想知道我的计划是什么。"

"你告诉他了吗？"

"没有，因为我还不清楚到底能不能成功，我也不想让大家失望。"

"那你是不是打算不告诉任何人？"

"谁都不说——除了芬威克先生和戴蒙先生。我需要他们来帮我。"

"我懂了。"霍斯布鲁克先生回答，"好吧，不论怎样，都祝你好运。这里真是个可怕的地方——地震岛。"这位百万富翁留下汤姆一个人在这里，转身离开了。

过了一会儿，就看到汤姆和芬威克先生还有戴蒙先生坐在一起探讨什么。戴蒙先生听到汤姆的计划后，不停地可怜自己和其他一些东西，看似都快要窒息了。芬威克先生斩钉截铁地说："汤姆，如果这个想法成功的话，那将是你做过的最伟大的事！"

"但愿我能成功。"汤姆说。

接下来的三天，汤姆和他的两位朋友一直都在这堆仪器和设备旁边忙活。詹克斯先生偶尔走到他们周围来，但都被霍斯布鲁克先生叫走了，这三位朋友可以安静地在一旁工作。

在工作结束之前，汤姆不想跟大家说自己的计划，因此他们三人的工作一直在秘密进行。

他们彻底检查了汽油发动机，将它调整到了工作状态，然后将它和发电机连接起来。这些都做好之后，汤姆和他的朋友搭了一所简陋的棚子罩住这些设备。

"哈哈！你们是怕我们偷走这些东西吗？"科学家帕克问道，他那可怕的推论认为这座岛最终会消失不见。

"不是，我只是给它遮挡一下风雨。"汤姆回答，"你们很快就会知道我们的计划，我们就快成功了。"

"你们最好在下一次地震到来之前完成，要不然这座岛就沉入大海了。"他沉闷地回答。

不过，经过那场差点把詹克斯先生吞没的地震之后，这里再没有发生地震。詹克斯先生很少跟别人说话，总是一个人转来转去。不过，他整天忙于工作，可没有时间去揣摩詹克斯先生跟他说的话。

第二十章

无线电设备

到现在为止,这些人漂流到这座地震岛上已经一个礼拜了。自从踏上这片陆地后，他们遭遇过很多次地震，他们永远都不知道什么时候会发生地震，经常在夜晚被地震惊醒。

尽管这样，他们尽可能让自己的心情保持愉快。只有詹克斯先生看起来十分紧张不安，他一直都是独来独往。

至于汤姆、戴蒙先生和芬威克先生，他们一直在工作棚里忙着一项秘密的工作。其他人也不再过问有关他们工作的问题，尼斯特夫人认为他们肯定是在造一艘船。

曼托船长和大副大多数时候都在凝视海洋，他们希望能看到海上航行的船只，或是看到轮船冒出的烟也好。可是他们什么都看不到。

"我已经失去信心了，我们什么都没看到。"船长说，"我知道，我们所处的位置不在航线上，唯一的希望就是那些四处漂流的船或是被风吹离航线的轮船能看到我们的求救标志。我的朋友，只能说我们所处的位置非常不好。"

"如果钱可以作为目标……"詹克斯先生说。

"钱有什么用？"霍斯布鲁克先生问道，"我们要做的是让其他人知道我们在这里，让他们派人来救我们。"

"是的，"科学家帕克附和着说，"而且要想得救，就必须尽快让别人知道我们的存在。"

"因为我认为再有一个礼拜这座岛就会沉入海底了！"帕克先生说。

两位女士尖叫起来。

"你自己这样想没关系，但你可不可以不要说出来吓唬人？"霍斯布鲁克先生愤怒地说。

"但这是事实。"科学家帕克顽固地坚持道。

"是事实又怎样？你不停地提醒对大家一点好处都没有。"

"可怜的肠胃！不要吵了！"戴蒙先生喊道，"我们吃饭吧，我饿了。"

这似乎是他每次补救紧张气氛的方法。

"要是我们能把求救信号发出去就好了，那还有什么说的。"尼斯特夫人叹口气说，"哎，我多么希望能告诉我的女儿我们在哪里。她一定听说了'坚定号'失事的消息，现在肯定都担心死了。"

"可是，要想在地震岛上和外界取得联络几乎是不可能的事，"安德森夫人接着说，"这里与世界完全隔绝。"

"完全隔绝？也许谈不上。"汤姆平静地说。

"你说什么？"尼斯特先生突然站起来说，并朝汤姆走了过来。

"我是说，我们也许没有彻底与世隔绝。"汤姆重复了一遍。

"为什么没有？"曼托船长问道，"你不会告诉我，你们在那个小棚子里造了一艘船吧？"

"不是船。"汤姆回答，"不过，我有办法从这里发出求救信号！"

汤姆……怎么做到？"尼斯特夫人喊道，"你是说我们能联系上玛丽吗？"

"不一定是联系她。"汤姆回答，尽管他也希望能做到这点，"不过，我想我能联系上别人来帮助我们。"

"怎么做？"霍斯布鲁克先生问，"你是不是在岛上发现了电缆线路，有没有试过这些电线和外界是否连通？"

"没有。"汤姆冷静地说，"不过，在戴蒙先生和芬威克先生的帮助下，我造出了能发送无线电报的设备！"

"无线电报！"霍斯布鲁克先生无比惊讶，"你没开玩笑吧？"

"无线电报！"詹克斯先生喊道，"我要给……"他停住了，双手摸向腰带，转身离开了。

"哦，汤姆！"尼斯特夫人喊道，她走向汤姆，双手搂着他的脖子，激动地亲了他一口。

"你最好跟大家解释一下。"安德森先生建议。

"我会的。"汤姆说，"这就是我们——我和戴蒙先生及芬威克先生一直以来保守的秘密。在没有确保成功之前，我们不想跟任何人提起这件事。"

"那你们现在确定成功了？"曼托船长问道。

"可以这么说。"

"你们用什么东西建无线电发射台？"霍斯布鲁克先生问道。

"利用'威泽号'残存的那些仪器和设备。"汤姆说，"幸运的是，这些器械在飞艇坠落中没有损坏。我重新装配了汽油发动机，将它连接到发电机上用来提供充足的电流。我们还有一块相当好的蓄电池，尽管轻微受损，但还能用。现在，我们可以向 1600 千米远的地方发送无线电消息。"

"这样我们发出的信号就能被某些无线电站或者是过往的船只收到了，"曼托船长激动地说，"这样我们就有救了。"

"跟我们再详细说说吧，"尼斯特先生建议道。

汤姆向大家详细讲述了他安置发电机和汽油发动机，以及将其他电力设备连接起来的过程。好在他们所需的零件都能在"威泽号"上找到，他们造出了一台功率强大的触发器。

"我用黄铜做出一个电键，用来发射莫尔斯电码①。"汤

---

① 莫尔斯电码是一种时通时断的信号代码，通过不同的排列顺序来表达不同的英文字母、数字和标点符号意义。——译者注

姆说道，"这很费时间，不过最终还是成功了。虽然有点粗糙，但我可以用它敲打出求救信号。"

"这也有可能。"霍斯布鲁克先生说，他曾经考虑过给游艇上安装无线电设备，因此他对这方面有些了解，"你可以发送出消息，可是你能接收到回应吗？"

"这个装备我也做好了。"汤姆回答，"我制作了一套接收设备，不过接收装置要比发射装置更粗糙，我已经尽量做得精细了，可是我缺少一些必备的东西，例如磁体、碳棒、粉末检波器①和指针。不过我造的这台电报机也可以用。"

"你这套装置上有扩音器吗？"

"有。芬威克先生的飞艇上装有一套小型的扩音装置，我把它拆了下来。放心吧，任何人给我们回复消息，我们都能听到的。"

"发送和接收消息的天线呢？"尼斯特先生问道，"我怎么没看到高耸在空中的天线，难道可以不用天线吗？"

"当然得用，这是我最后要做的一件事。"汤姆说，"我需要所有人的帮助，帮我支起天线，小丘上的那些高高的树可以作为天线支架。"说着，他指向地震岛中部一堆岩石上的棕榈树，这棵树已经枯萎死了，光秃秃的树干就好像船上的桅杆。

---

① 检波器，是检出波动信号中某种有用信息的装置，是用于识别波、振荡或信号存在或变化的器件。——译者注

第二十一章

发出无线电报

在汤姆宣布他已成功制造出无线电报设备后，几近绝望的幸存者们突然又看到了希望。他们围着汤姆，向他询问各种问题。

芬威克先生和戴蒙先生也过来跟大家分享他们的成果。汤姆说，要是没有他这两位朋友的帮助，只靠他自己永远也不可能完成这项工作。大家都走到那个小棚子里，观看他们的设备。

正如汤姆所说，这套设备相当简陋。不过，当他启动汽油发动机之后，发电机就开始嗡嗡地旋转，发出蓝紫色的火花。介于使用的材料如此简单，他们不得不承认汤姆创造了一项奇迹。

"可是，要在树干上安装用于接收和发送电报的天线，不是那么容易的事，"汤姆说，"那可能要费些时间。"

"你有天线吗？"詹克斯先生问道。

"我从飞艇上拆了好多电线。"汤姆回答。他回忆起那天正在拆电线的时候，古怪的詹克斯先生要给他所谓的钻石。是不是真正的钻石？对此，汤姆很好奇。然后，他继续思索，如果那些石头真是钻石的话，那么詹克斯先生所说的幽灵山的秘密到底是什么。

不过，现在还不是考虑那些事情的时候，汤姆还有很多其他事情要做。在汤姆的指导下，大家把电线的一头系在那颗枯死的大树顶端，另一头系在一棵低矮的树上，总共牵了5条相互平行的电线，中间用一块木板固定。最后他们把电线接到了发电机上，并安装好接收线圈和地线。

"那你打算拿它来发送电报吗？"安德森夫人拍着汤姆做的无线电报设备问道。

"当然了。"汤姆笑着回答。

"发送到哪里？"尼斯特夫人急切想知道接收者是谁。

"我也说不准，"汤姆回答，"我只能将消息发射到空中，然后等着能接收无线电消息的操作员把它'捡起来'——他们一般这样称呼，如果运气好的话，他们就会派人来救我们。"

"可是无线电操作员会一直在电报机旁收听吗？"尼斯特夫人问道。

"有些地方，有些人会——我希望。"汤姆平静地说，"正如我说的，我们只能靠运气了。不过，有人就是通过发送无线电报而获救的，为什么我们不能呢？那些遇险的轮船就会向空中发送无线电报，这么一个简单的装置救了很多乘客的性命。"

"可是怎么告诉接收者我们在哪里——在这座无人知晓的岛屿上？"安德森夫人问道。

"我想曼托船长能够计算出这座岛屿的经度和纬度，"汤姆回答，"我会把这些信息随同求救电报一起发出。总有一天，有人会来救我们的。"

"我觉得这一天不会很快到来！"戴蒙先生说，"可怜的门把手！我消失这么久，我的妻子一定担心死了！"

"你打算发什么样的求救信号呢？"曼托船长想知道。

"我准备用那套旧式求救信号。"汤姆回答，"我会向空中发送'C.Q.D.'信号，也就是'快、来、危险'的字母缩写。虽然现在已经有了新式求救代码，可我还是宁愿用旧式代码，以免有些人不知道新式代码的意思。在求救代码后面，我还会提供我们所处的位置，只要曼托船长能估算出来。每隔一段时间，我就会重复发送这些信号，直到有人来救我们……"

"或者直到这个岛沉入海底。"帕克先生冷酷地说。

"喂！不要这么说了，"霍斯布鲁克先生命令道，"不要把大家弄得精神紧张！在那可怕的灾难来袭之前，我们一定会得救的。"

"我可不这么想，"帕克先生坚持道，他好像能从自己那悲观的预言中获得快乐。

"你懂得无线电报真是太好了，汤姆。"尼斯特夫人钦佩地说。其他人也都开始赞扬汤姆，害得汤姆羞红了脸，他匆匆跑去调整他的设备。

"你能计算出我们这里的经度和纬度吗，曼托船长？"霍斯布鲁克先生问道。

"我想可以的，"他回答，"当然并不是十分精确，因为我的地图和所有的仪器设备都随着'坚定号'一起沉入海底了。不过，我想我估算的数据也不会有很大偏差。我会尽快测算出数据，让汤姆发送出去。"

"希望你能快点算出来，因为求救信息发出越早，对我们越有利。我从没想过自己会陷入这种困境中，不过还好那个年轻小伙子想出了一套营救方案，但愿他能成功。"

船长用了很长时间才把他们的位置估算出来，而且估算数据仅仅是近似值。最后，他给了汤姆一张纸，上面写着他们所处位置的经度和纬度。

与此同时，汤姆也连接好了他的设备。现在，所有线路都已连接到位，只要启动发动机和发电机就可以工作。

当汤姆宣布他要发出第一份呼救信息时，大家都好奇地聚到了这间小棚子里。汤姆站到一个盒子旁边，这个盒子上连着一个装置，用来敲击出莫尔斯电码。

"好了，我们开始。"汤姆笑着说。

他的手指紧握着用硬橡胶和铜条做成的粗糙的电键。发动机嗡嗡地运转着，就像一只猫在呜咽。

突然，从他们的头顶上空传来了奇怪的噼啪声，听上去非常强烈，令人恐惧，好像是一条看不见的鞭子在抽打着什么。

"天哪！什么东西？"尼斯特夫人尖叫道。

"无线电波，"汤姆平静地回答，"我正在往空中发送求救信号，但愿能有人接收到——并且能答复我们。"他低声补充道。

噼啪声加剧了。他们紧张地看着汤姆，汤姆按着电键，通过不断闭合电流，从地震岛上发出那3个字母——"C.Q.D."。这3个字母后面的信息就是他们所在地区的经纬度。他一遍又一遍地发出这些消息。

会有人答复他的电报吗？会有人来营救他们吗？如果有，他们会来自哪里？而且，如果能来，他们能及时来吗？这些疑问在这些幸存者的心里蔓延开来。而汤姆则坐在电报机旁，重复地敲击着电键，他的头顶是一条电线，电线那头绕在一棵枯萎的大树上，无线电消息就是从电线的尽头发射到空中的。

第二十二章

焦急等待的日子

几分钟后，这群聚在小棚子里看汤姆发电报的人陆续离开了。对他们来说，这个仪器不再那么新奇，虽然他们对汤姆的成功感到高兴。只有戴蒙先生和芬威克先生留在汤姆旁边陪着他，偶尔帮他调一调发电机或是汽油发动机。负责"家务活"的尼斯特夫人和安德森夫人时不时地溜达到山丘上来看看。

"有人回复了吗，汤姆？"尼斯特夫人问道。

"没有，"汤姆回答，"我们不可能这么快就收到回复。"

得知所剩的汽油已经不多，汤姆意识到他不能一直把发电机开着，不停地向空中发送无线电报。他和他的两个朋友商量了一下这个问题，戴蒙先生说："要我来看，最好的办法就是选择电报接线员上班的时间，或者在他们监听的时候发送电报。"

"是的。"汤姆赞同道，"可是在这 1600 千米的范围内，我们怎么能知道无线电接线员什么时候在工作？"

"我们无法确认。"芬威克先生说，"唯一的方法就是碰运气了。要是你不能一直发消息的话，可不可以把电报机设置为自动发送模式，这样可以减少你的工作量。"

汤姆摇了摇头。

"我必须待在这里不断调试机器。"他说，"一方面，这个电报机用起来没有那么容易，因为我没有足够的材料和设备制造出能够自动发送信号的电报机。另一方面，我也不能让它自动回复别人发过来的消息。我希望别人答复的时候，我正好在电报机旁。"

"那么你有什么计划吗？"戴蒙先生问道，"可怜的鞋带！在这个地震岛上要解决的问题还真多。"

"我是这样想的，"汤姆说，"我会在早上 9 点到 10 点、下午 2 点到 3 点、大约晚上 7 点钟的时候各发一遍呼救电报，然后在晚上睡觉之前，10 点多的时候发一遍。"

"这个想法挺好的，"芬威克先生说，"我们必须要节约汽油，因为我们不知道还要在这里待多久，也不知道还要等多久才能收到回复。"

"要是那位叫帕克的科学家说的是真的，那就等不了多久了。"戴蒙先生冷酷地说，"可怜的帽圈！他是让人感觉最不舒服的一个，总是预言这座岛要沉入海底。但愿我们能尽快获救，我不想看到那种恐怖的事情发生。"

"我猜我们不会看到。"芬威克先生说，"不过，汤姆，我还有一个问题。你有没有想过，如果附近的船只或者无线电报站收到了你发出的信号，你知道他们什么时候会答复你吗？"

"不能。"

"那么你或者我们中的一些人是不是要一直守在电报机前，时刻听着？"

"不用。因为一般来说，那些电报接听员在收到我发出的求救信号后，就会立即回复我。当然还有另外一种可能，有些接听员会首先报告他们的上级或领导，然后再回复我。有可能在那会儿我刚好走开了。不过，为了杜绝这种情况发生，我将会戴着接听耳机睡觉。"

"你要住在这里吗？"戴蒙先生说，他指的是这个放置无线电设备的小棚子。

"对。"汤姆干脆地回答。

"我们可不可以在这里轮流监听？"芬威克先生建议，"这样你就能得到休息。"

"恐怕不行，除非你们懂莫尔斯电码。"汤姆回答，"你要知道这里有好多无线电报的敲击声一直在空中来回飘荡，我的接收器会把这些都接收到。可是，对我们来说，很多讯号没有意义，只有回复我们呼救的电报信息才是有用的。"

"你是说你现在能够接收到各个站点之间来回发送的电报了？"芬威克先生问道。

"是的，"汤姆笑着说，"给你，你自己听一听。"说着，他把接收听筒递了出去，芬威克先生戴上听了一会儿。

"只能听到一些模糊的敲击声。"他说。

"不过，这些都是电报语言，"汤姆说，"看着，我来给你翻译。"他将听筒放在耳朵上。"'猎鹰号'轮船报告，在其前舱发现火情。问题已经得到解决，轮船将继续前进。"

"这些是你听到的电报的意思吗？"戴蒙先生问道，"可怜的灵魂！我根本就听不懂！"

"这只是电报的一部分。"汤姆回答，"我没有收听到全部内容，也不知道是发给谁的。"

"可是，你为什么不直接给刚刚那艘轮船发电报，求他们来救我们呢？"芬威克先生问道，"虽然他们的船起火了，不过现在已经熄灭了，他们应该会很乐意来救我们。"

"他们也许会来救我们，或者派人来救我们。"汤姆说，"可是,我不能确定他们的无线电接收员能否收到我们的电报，因为有很多不可预知的事。"

"可是你接听到了他们的电报。"戴蒙先生坚持说。

"是的，但是通常来说，接收电报要比发送电报容易得多。不过，我会一直尝试给他们发的。"

为了节省汽油，汤姆开始按照上面的计划发送求救信号。

他不时地走到这个棚子里来收听扩音器里的敲击声。他确实监听到了一些电报，可这些都不是回复他的。

那天晚上又发生了一次小地震，虽然没有使岛屿的任何部分沉入大海，但是大家都被大地的晃动惊醒了，陷入极度恐惧之中。

三天过去了，他们一直在焦虑地等待着。这几天，汤姆一直在一份接一份地往外发电报。可是，没有一个人回复他。这几天总共发生了三次地震，有两次都是小震，只有一次特别严重，使岛屿远处一块巨大的峭壁掉入大海。

"它就要来了。"帕克先生说。

"什么？"霍斯布鲁克先生问道。

"这座岛屿的毁灭。我的推论很快就会得到证实。"看上去，帕克先生从他的预言中似乎获得了不少乐趣。

"哦，又是你那个推论！"霍斯布鲁克先生厌恶地喊道，"别再让我听到你提起这件事！我们遇到的麻烦还不够吗？"帕克先生一个人走开了，去观察那峭壁掉下去的地方。

汤姆每天晚上都戴着听筒睡觉，尽管他发出去很多份多电报，可是从来没有收到回复。在每份发出去的电报中他都写到，如果有人收到他的求救信息，就以"E.I."开头回复他。

在电报站建好的第四天早上，汤姆正在发送早上的电报时，尼斯特夫人来到了汤姆的小棚子里。

"我想，还是没有人回复吧？"她问道，似乎已经不抱任何希望。

"暂时没有，不过任何时候都有可能会收到。"汤姆尽量语气愉悦地说。

"但愿如此。"尼斯特夫人接着说，"不过，汤姆，我现在过来主要是想问一下你，剩余的食物你们存放在哪里？"

"剩余的食物？"

"是啊，就是你们从坠毁的飞艇上搬下来的食物。我们已经快把那个临时厨房里存放的食物吃完了，现在可能得动用你们的预备口粮。"

"预备口粮？"汤姆感到十分疑惑。

"是啊，我和安德森夫人做饭的地方存放的粮食最多还能够维持两天。其他地方还有粮食储备吗？"

汤姆没有回答，他意识到了问题的严重性。他们的食物快要吃完了，而"坚定号"上的幸存者却以为他们还有充足的粮食储备。事实上，他们再也拿不出更多的食物了，他们所有的食物只剩下厨房里那些。

他的手从电报机的电键上垂了下来，呆坐着望向天空。食物只够他们吃两天了，岛上的地震任何时候都有可能发生，而他发出的求救电报还没有收到任何回复！这种境况确实令人绝望。汤姆摇了摇头，这是他这么久以来第一次想到了放弃。

第二十三章

黑夜中的回复

汤姆透过发电报的棚子往外看，他看到下面的海滩上聚集着一群人。他们围着詹克斯先生，那个人好像在激情地发表演讲。两位女士站在那所被用作厨房的小棚子旁边。

"已经没有更多的食物了。"汤姆沉思。他不知道那帮人聚在一起在讨论什么，不过他没管，又重新回到电报机旁敲击着电键。

10 点过后，他又向空中发送了几分钟的电报。平常在这个时候，他都已经停止了早上的发送，不过他希望今天会有可能被周围的船只或无线电报站的接听员听到，然后派人来救援。

但他没有收到任何以"E.I."（代指地震岛）开头的电报，

接着他又敲击了一会儿电键。然后，汤姆关掉了发电机，走到海滩上的人群中去。

"我跟你说，这是我们唯一的希望。"詹克斯先生说，"我必须离开这个岛，而那是我们唯一能做的事。现在，我们正处在紧要关头。如果我们整天就这样等待别人回复电报，等待别人的救援，那我们谁都可能活不了，尽管我很感激汤姆所做的一切，他给了我们很大的帮助，可是我看不到一点希望！"

"你怎么看这件事，汤姆？"戴蒙先生转过身问汤姆。

"什么事？"

"哦，詹克斯先生刚刚说我们应该造一个大木筏，然后乘木筏离开。他认为这是我们自救的唯一办法。"

"那是个好主意。"汤姆赞同道，他又想到他们缺少食物的事实，"毕竟我不敢保证什么时候才能收到呼救电报的回复，我们最好及早做准备。"

"尤其是你不知道这座岛什么时候会沉入海底。"帕克先生接着说，"要是这个岛真的沉了，就算有木筏也救不了我们，因为巨大的漩涡会把它吸入海底。不过，我认为我们最好还是造一个大一点的木筏，划到很远的地方去，尽量远离这个地震岛。对了，我们还可以造一个小一点的木筏，如果出现紧急情况，我们可以乘小木筏逃生。"

"是啊，这也是个好主意。"汤姆赞同道。

"而且我们还要携带大量的生活物资，"戴蒙先生说，"放上足够多的淡水和食物。"

"那不行。"汤姆小声说。

"为什么不行？"

"因为我们没有足够的食物了，我下来就是想跟大家说这件事。"他向大家复述了一遍尼斯特夫人说的话。

"那就只有一个办法了。"芬威克先生说。

"什么办法？"曼托船长问道。

"我们必须节食了，我们都吃平时的 1/2 或者是 1/4。这能让我们仅存的食物再维持一段时间。还有一件事——那就是我们不能告诉那两位女士我们吃不饱，就装作自己不饿，只能吃平时吃的 1/4，最多也不能超过平时的一半。幸运的是，岛上有足够多的淡水，或许这可以让我们一直活到救援人员到来的时候。"

他们觉得有必要造一个木筏，于是当天就开始工作了。他们拿着从"威泽号"上取来的斧子和锯，在岛上砍伐了大量树木，树林里蔓延的藤条可以作为捆绑用的绳子。除了造一个能容纳这么多人的大木筏，他们还打算做一个小木筏，既可以当作渡船，也可以当作救生艇。

这天剩下的所有时间，以及第二天的上午，他们一直忙着造木筏。与此同时，汤姆还在继续发送呼救电报，可是仍然没有收到回复。

他们把大木筏拖到岛屿附近一处宁静的海湾里，在绳子的一端系一块大石头沉入海底，当作木筏的锚。木筏上面放了几罐水，可是没有多余的食物可以放上去。倘若有一天这座岛真的要沉入大海，他们能带的只有这几天节食省下来的食物。

这些都做完之后，剩下的就只有等待了，令人厌烦的等待。汤姆继续坚持不懈地执行他的计划。他经常戴着无线电报的听筒，耳朵都被压得发疼。他听着空中来来回回闪过的电报，可是没有一条是答复他的。他的脸上流露出了沮丧和绝望。

距离他装配好无线电报站已经过去一个礼拜了。一天下午，福特汉姆大副发现了一群乌龟。他还在温暖的沙子下面发现了很多龟巢，里面有很多乌龟蛋。

"这些东西可以作为我们的食物，"他高兴地说，那些乌龟确实解了他们的燃眉之急。他们还抓到一些鱼，海浪也把一些蛤蜊冲到海滩上来，所有这些都补给了他们所剩无几的食物。现在，两位女士也知道了真相，她们也开始吃得很少。

那天晚上，汤姆坐在他们平时休息的棚子里跟大家聊天。快到 10 点的时候，他起身往外走。每天晚上这个时间，他都会发送一天的最后一次电报。发完后，他就会躺在电报棚里的简陋床板上，戴着接收听筒，在寂静的黑夜中静静地等待，希望能听到有电报告诉他，救援人员正在赶来的路上。

"你要出去吗？"戴蒙先生亲切地问道，"要是我们谁能替一下你就好了，汤姆。"

"哦，没事的。"汤姆回答，"也许今天晚上就有人回复我们了。"

他还没说完就听到不祥的隆隆声。大地开始摇晃，又一场地震开始了。他们的棚屋也随着地面摇动，似乎就要塌下来压在他们头顶。

岛上的颤动很快停止了，一切又归于平静。两位女士本来已经在她们那间棚子里睡着了，又尖叫着跑了出来。安德森先生和尼斯特先生立刻跑到他们妻子的身边。

"地震已经过去了。"芬威克先生说。

不一会儿，大地又开始颤动。不过，这次不像是地震带来的摇晃，而更像是一辆火车靠近时发出的隆隆声和振动。

"快看！"汤姆指着左边喊道，大家顺着汤姆指的方向看过去：在明亮的月光下，一座石头山的大部分山体滑进了大海。

"是山体滑坡！"曼托船长喊道，"这座岛正在逐渐分裂。"

"这刚好证实了我的推论！"帕克先生充满成就感地说。

"请你别再提你那个推论了。"霍斯布鲁克先生恳求道，"幸运的是，这里还留有一块陆地让我们立足！天哪！我们什么时候才能得救啊？"他绝望地喊道。

目前来看，最糟糕的时刻已经结束。得知两位女士都平静下来之后，汤姆起身向无线电报站的小山丘走去。戴蒙先生和芬威克先生也跟在他身后，去帮他启动发动机和发电机。通常，在电报发完之后，汤姆便会开始那令人厌烦的等待。

这次地震使一些设备受到了影响，他们用了半个小时才把电报机重新装好。汤姆开始发电报的时间比平时晚了很多，都已经11点了。他一直工作到12点，可还是没有收到任何回复。他关掉电源，准备先休息一下。

"看样子真让人绝望，不是吗？"芬威克先生说。他和戴蒙先生正走在回自己棚屋的路上。

"是啊，确实如此。我们在山顶设置的求救标志没有人看到，没有船从这里路过，我们的无线电报也没有任何人回复。我们看上去毫无希望，不过你知道吗？我还没有绝望。"

"为什么？"芬威克先生问道。

"因为我相信汤姆的运气！"

离午夜已经过去1个小时了。汤姆不安地从棚子里的硬床上坐了起来，接收听筒压得他耳朵发疼，他无法继续入睡。

"我还是坐一会儿吧。"他起身对自己说。在昏暗的棚屋中，他只能看到发电机和发动机的轮廓。

"要不启动机器，再发几份电报试试？"他自言自语。

汤姆启动了发动机，发电机很快就开始呜呜作响。他打开了无线电报机，天线的那头产生了长长的电火花，猛烈地喷向空中。接着，汤姆开始敲击电键。

下面棚屋里的人都已经进入梦乡，汤姆发送了近半个小时。这时，他感觉睡意来袭，准备上床睡觉。

可是，那是什么？他戴在耳朵上的听筒中传来的敲击声是什么意思？他仔细地听，这不是杂乱无序的点和划，也不是和他们毫无关联的电报消息。是的！这是发给他的电报回复，发给"E.I."——地震岛的消息。

"你们在哪里？需要什么？"

这就是那条信息的部分内容，汤姆不知道它来自什么地方。

"我们接到了你的消息'E.I.'，需要什么？我听到的是真的吗？请回答。"汤姆在寂静的夜晚听到了这些问题。

汤姆颤抖着双手开始敲击电键，向着漆黑的夜空发出他的求救信息。

"我们在地震岛上。"他给出了坐标位置，"快来救我们，否则我们就会沉入大海！我们是'坚定号'游艇和'威泽号'飞艇上的幸存者。你们能来救我们吗？"

接着传来了询问声："那架飞艇出什么事了？"

"不用管飞艇，"汤姆击打着发出电报，"快来救我们！你是谁？"

答案从空中向他传递过来："我们是从里约热内卢开往纽约的'凯博尼号'轮船。刚刚收到你的电报，以为是骗人的。"

"不是骗人的，"汤姆回复，"快来救我们！你们最快多久能来？"

等了一会儿，无线电操作员告诉汤姆他必须报告船长。紧接着回复道："我们会在24小时之内到达。请保持联系。"

"当然会的，"汤姆飞速回复道，心脏快速地跳动着，当时他就喊出声来，"我们有救了！我们有救了！我的无线电报有人回复了！一艘轮船就要来救我们了！"

他跑出棚子，冲到下面过去告诉其他人。

"怎么回事？"霍斯布鲁克先生询问道。

汤姆把夜晚接到电报的消息告诉了他。

"让他们快点过来。"这位百万富翁恳求道，"告诉他们，要是能带我们离开这里，我会给他们2万美元作为酬谢！"

"我也会。"詹克斯先生喊道，"我得去一个地方，那里有……"他好像又想起什么事来，突然停住了。"告诉他们快点来。"他恳求汤姆。除了两位女士，所有人都聚集到了无线电报机的棚子里。

"他们确实得快点来，"忧郁的科学家帕克先生说，"这座岛可能会在早晨来临之前就沉了！"

霍斯布鲁克先生和其他人都怒视着他，但他似乎从自己的预言中得到了很大的乐趣。

突然无线电设备嗡嗡作响。

"另一则消息。"汤姆小声说，接着便仔细听起来。

"'凯博尼号'轮船正全速开往我们这里。"汤姆说。在这座孤寂荒凉的岛上，所有人都心存感激，默默祈祷。

第二十四章

我们在下沉

后半夜，所有人都没有睡觉。他们坐在一起谈论汤姆的无线电报，以及它带来的那个意想不到的好消息，他们讨论着轮船什么时候能够到达。

"可怜的小梳子！我说过我们会没事的，只要交给汤姆处理！"戴蒙先生说。

"现在还说不准。"悲观的科学家帕克先生说，"也许轮船到达的时候一切都晚了。"

"你可真会逗我们开心，"霍斯布鲁克先生讽刺地说，"我再也不会邀请你乘坐游艇，即使你是个著名的科学家。"

"我要守在这里，直至亲眼看见轮船到来。"戴蒙先生走到小棚子外面说。这天晚上很温暖，月亮很圆。"它会从哪个方向来，汤姆？"

"我不知道。不过我想，既然'凯博尼号'轮船是从南美洲那边过来的，它应该会从我们面前的这片海域经过。"

"我要一直看着那里，成为第一个看到'凯博尼号'轮船的人。"戴蒙先生说。

"那位接听员说，他们得花将近一天的时间才有可能到达这里。"汤姆说。

"给他们发电报，让他们开到最大马力。"戴蒙先生催促。

"不！我们不能浪费电力和燃料，除非迫不得已。"霍斯布鲁克先生建议道，"在获救之前，我们还需要用汽油。他们已经在来的路上了。目前来说，我们知道这些已经足够了。"戴蒙先生选了个地方，能看到很远处的海面。可是，正如汤姆所说的那样，他不可能很快就见到"凯博尼号"轮船的身影。但这位神情紧张的怪人坚持要一直守在那里。

早晨来临，所有的幸存者都去吃早饭，而且吃得比平时都要多。现在，他们不用过度节食，因为他们剩下的食物可以维持到救援人员到来。

"早知道我们就不造那个大木筏了。"芬威克先生说。此时，汤姆告诉他们"凯博尼号"轮船又发来消息了，"凯博尼号"轮船现在正以最大马力赶过来。

"哦，我们可能还要用到那个木筏呢。"帕克先生自信地说，"我刚刚出去观察了一下，现在这座岛正处在非常危险的境地。我相信，这座岛的地下支撑已经变得十分脆弱，再发生一次轻微的地震都有可能把地基震碎。到时候整个岛就会沉入海底。这是我观察后得出的结论。"

"我希望你再也不要去观察什么了！"尼斯特夫人激动地喊道，"你弄得我一直紧张不安。"

"我也是。"安德森夫人接着说。

"科学是不会骗人的，夫人。"帕克先生反驳道。

"哦，那你就把它藏在心里，不要说出来让别人听了打冷战。"尼斯特夫人反驳道，"我相信，我们一定会被及时救走的。"

这天中午，他们吃午饭的时候，发生了一次轻微的颤动，除了让大家感到惊慌之外，没有造成什么伤害。到了下午，汤姆又一次联系上了那艘轮船，然而"凯博尼号"上的电报操作员告诉他，由于船上出现了一点小事故，他们可能要在第二天早上才能到达，但是他们会尽全力开足马力过来。听到这个消息后，大家都有些失望，但是戴蒙先生看了看他们剩余的食物，仍然充满希望。

帕克先生一个人在外面转，用他自己的话说就是做进一步的"观察"。不过，霍斯布鲁克先生已经警告过他，不要再提起那个令人恐慌的推论。

这天晚饭之前，詹克斯先生把汤姆叫到了一边。

"你还记不记得钻石的事？我跟你说起过。"他小心翼翼地说，"要是你能帮我脱身，我就教你如何加工钻石。你见过钻石的加工过程吗？"

"没有，我猜很少有人见过吧。"汤姆回答，他觉得也许詹克斯先生精神有点不正常。

这天晚上再没有发生地震。到了第二天早上，随着黎明的第一缕曙光升起，所有人都醒了。大家急切地望向海面，寻找轮船的踪影。

汤姆刚从无线电报室下来，他接到一份说电报说，再过几个小时"凯博尼号"轮船就能到达小岛。

突然，地面开始剧烈颤动，就像是被炮轰了一样，整个岛好像是从中心炸开了。

"又是地震！这次最严重！"安德森夫人尖叫道。顷刻间，所有人都被摔倒在地上，汤姆抬头看了看无线电报室，然后他发现几乎一半的岛屿已经消失不见，他的电报站和岛屿一同坍塌落入海水中，激起的巨浪差点冲到人群中，他们都爬了起来，跪在沙滩上。

"地震岛在下沉！"帕克先生喊道，"快往木筏那里跑！"

"我猜这是我们最后的希望了。"曼托船长盯着海面说。放眼望去，海面上看不到任何船的影子。整个岛屿仍然在猛烈颤动着，摇晃着。那艘轮船能及时赶到这里来吗？

第二十五章

大 营 救

帕克先生率先朝木筏停泊的地方跑去。

"我们必须马上划船逃走!"他喊道,"一半的岛屿都沉下去了!另一半在任何时候都有可能消失!那艘船不可能及时赶到,不过只要我们不被海水吞噬掉,划着木筏飘在海面,他们就有可能看到我们,把我们救走。大家快逃啊!"

汤姆最后看了一眼他的无线电站曾经所在的位置。此刻,那里只剩下半边悬崖,并且还在不停坍塌,掉入海里。

两位女士哭了起来,男士们脸色苍白。渐渐地,大地的轰隆声减弱了,可是谁知下一次地震会在什么时候到来?

曼托船长、霍斯布鲁克先生和其他几个人正在划那只小木筏。他们准备划到那个大木筏停泊的地方，大木筏停在离岛稍微远一点的地方，它就是为这种紧急状况准备的。

"快来啊！"芬威克先生向在后面徘徊不前的汤姆喊道，"快过来，女士们。我们都必须上船了，不然就来不及了！"

安德森夫人和尼斯特夫人哭着，蹚着海水上了船。

"我们带吃的了吗？"戴蒙先生喊道，"可怜的炉灶！我怎么把这事忘了。"

"我们已经没有吃的可以带了。"安德森夫人回答。

"开船！"曼托船长喊道。

就在那时，海面上飘起的薄雾被风吹向另一边。突然视野清晰了，汤姆抬头看向远处，喊了出来。

"轮船！轮船！'凯博尼号'！"他指着前方喊道。

其他人也都发出了愉悦的呐喊，因为他们看到了正朝地震岛开来的巨轮，它正在全速前进！

"有救了！我们有救了！"尼斯特夫人高兴地喊着。

"来得刚好！"霍斯布鲁克先生说。

"现在，我可以去加工钻石了。"詹克斯先生对汤姆小声说。

"开船！开船！"帕克先生喊道，"岛很快就要沉了！"

"我想，现在我们待在岛上要比在木筏上更安全一些。"曼托船长说，"大家还是上岸吧。"

他们纷纷从小木筏上下来，站在海岸边，急切地看着靠近的轮船。他们挥舞着双手和手中的手帕，心中都充满了希望。

突然，不远处的海面上，也就是他们停泊大木筏的地方，激起了巨大的波浪，就像海下水雷爆炸了一样。海面出现了一个巨大的涡旋！

"还好我们没有去那里，"曼托船长看了看说，"不然都会被吸入海里，毫无疑问。"

几乎就在他说话的同时，那个大木筏被抛到空中，掉下去摔成了碎片。人们吓得发抖，他们感觉到脚下的大地正在颤动。

他们在岛上还安全吗？

"那艘船停下来了！"戴蒙先生喊道。

"凯博尼号"轮船的确是在减速，难道它不想来营救这些人了吗？

"他们要放救生艇下来。"曼托船长说，"不了解这里的水域，他们的船长不敢靠得太近，怕触到礁石。"

过了一会儿，船上放下来两艘救生艇，两个强健的水手越过海浪划了过来。海水越来越汹涌。

救生艇终于来到他们面前。

"你们所有人都在这里吗？"一个人喊道，这个人显然是个领头的。

"都在这里。"汤姆回答。

"快到船上来。这片海域极不正常——也许是海底火山要爆发了。我们必须尽快离开！"

救生艇停在了海面上，不过它和海岸之间还隔着一道水滩。

幸存者们涉过水滩，很快就被水手拉着爬上了船。由于受惊过度，安德森夫人和尼斯特夫人仍然满脸泪水。

"全速撤退，伙计们！"指挥船的人喊道，"快速回到轮船那边去！"

海水激起了更大的漩涡。不过，这些水手早已习惯了比这更加猛烈的动荡，他们平稳地划着船。

"我们还在担心你们不能及时赶到呢。"汤姆说道。

"我们一直在全速航行，"他回答，"你的无线电报来得很及时，要是再晚1个小时，我们的电报接听员就去休息了。"

汤姆意识到，他们差一点就错过了救援。

"这座岛就要沉了。"帕克先生预言道。这时他们已经到达了轮船停靠点，大家正在登船。维拉奎兹船长热情地前来迎接这些幸存者。

"等会儿，我再听你们的故事。"他说，"现在，我们要先离开这片危险的水域。"

他命令船员们全速前进，"凯博尼号"轮船起航了。汤姆和其他人站在甲板上，看着身后的地震岛。

突然，他们听到沉闷的轰隆声，岛屿周围的海水似乎在抬高，紧接着好像一面巨大的水墙垮了下来，发出巨大的爆炸声。海水裹着那座岛消失在了人们的眼前。

"我说过岛会沉的。"帕克先生得意扬扬地喊道。可是这一可怕的场面惊得其他幸存者哑口无言。他们想到，要是再在岛上多停留一小时，自己的命运将会是另一番模样。即使科学家帕克先生正确预测了那座岛的毁灭，他也没有什么荣誉可言。

整个海面的波动使得巨大的"凯博尼号"都摇晃起来。要是这些幸存者还在那个脆弱的木筏上，他们必定会葬身于大海。现在，他们安全了——他们被汤姆的无线电报拯救了。

这艘巨轮重新回到了原来的航线上，幸存者们讲述了他们的故事。他们在船上受到了款待，船上的乘客们听到他们的故事时，都瞠目结舌。

他们在预定时间到达了纽约，汤姆陪尼斯特先生和尼斯特夫人一同回夏普顿。戴蒙先生在说了一大堆"可怜的"话后，也要求和他们一起走，因为他的家在沃特菲尔德，离夏普顿不远。后来，他们得知"坚定号"游艇上其他幸存者都被救了，水手和乘客们都安然无恙。

当然，在这些幸存者被救上船后，汤姆就结识了那位电报操作员。他们用电报给这些幸存者的家属发了个信息，向他们报了平安。

当得知汤姆救了自己父母的时，玛丽·尼斯特无比喜悦。至于汤姆，他当然也十分高兴——因为尼斯特小姐很高兴。

"我不会忘记我对你的承诺，汤姆·史威夫特。"当他们分别的时候，巴克·詹克斯先生对汤姆说。